J e ne garde de toi,

que cette blessure de moi...

Suivi de

L'Absolu

Le coureur de chimères

À trop courir après ses rêves, on oublie tout simplement... de les vivre...

Du même auteur

Première Édition

L'absolu (*1999 - Indisponible*)

C'est sur une page blanche... *(2004 - Indisponible)*

Je ne garde de toi, que cette blessure de moi... *(2004)*

Mémoires collectives *(2005 - Indisponible)*

Back To China *(2005 — Indisponible)*

De toi... *(À paraître)*

Réédition via Rhéartis

Je ne garde de toi, que cette blessure de moi... *(2010)*

Incluant « Devant Soi » et « l'Absolu »

C'est sur une page blanche... *(2010)*

Maxime Li Ham Devis

Je ne garde de toi,

que cette blessure de moi...

Nouvelle

Éditions Rhéartis

Collection l'Arrogance des Mots

Remerciements

Un immense merci à tous ceux qui ont corrigé les fautes d'orthographe et de syntaxe. Et ce remerciement prend toute sa force dans le travail réalisé ces derniers mois par Claudie, pour sa patience et sa gentillesse dans cette tâche de relecture. Merci donc à vous tous, qui furent inévitablement les premiers lecteurs à découvrir ce texte. Merci pour vos remontrances et vos commentaires forts utiles... Et Dieu sait que votre travail et votre œil vigilant ont été précieux !

Un grand merci à tous ceux qui m'ont inspiré. Ils ne sont pas nombreux, mais ils existent. Merci aux compositeurs des chansons : pardonnez-moi de vous avoir emprunté autant de phrases et d'émotions. Sachez néanmoins que je n'ai pas votre talent pour les restituer...

Une pensée spéciale également pour ceux qui m'ont encouragé à retravailler ce texte vieux de 2003, pour vous le présenter à ce jour sous une forme plus souple. Vous savez que j'ai peu de prétention par rapport à tout ceci : je considère qu'écrire est à la portée de tous. Sans votre foi en mon travail, ce texte serait resté dans un coin...

Enfin, un remerciement spécial *(oui oui, j'y tiens énormément)* : donc, merci à tous ceux qui m'ont laissé seul ce fameux soir du 31 décembre 2003...

Récemment, en apportant une touche finale j'ai décidé au hasard d'une rencontre, de rajouter des remerciements sous forme moins romancée, mais dédiés à toi, qui dans dix ans au hasard de nos routes découvriras peut-être ce texte. Je sais que nous ne serons jamais ensemble, mais tout dans ces mots me fait penser de manière grossière à tout ce que nous ne serons jamais. La peur, les doutes, le regard des autres et nos attentes trop étroites nous empêchent souvent d'atteindre le bonheur ou de vouloir le vivre. Cette pression factice, sur tes épaules, tous ces prétextes, à des attentes non conformes ou identiques... J'espère juste que dans dix ans, tu seras la personne que tu ambitionnais d'être. Que tu auras dépassé mes rêves, mes espérances. Et que tu auras d'autres peurs que celle de ne pas être à la hauteur.

À vous autres, âmes pauvres et misérables,
Qui mettez tant de grâce à vous émouvoir
De si peu de choses...
Vous qui comme moi, avez si peu de chance,
En ce monde cynique et malheureux
Où, chaque jour, nous vivons le drame
D'aimer...

Dans cette vie oppressante, qui ne nous laisse
Ni choix, ni paix, ni trêve.
Dans ces rêves insolents qui nous rongent.
Nos exigences qui nous consument,
Les mots doux et heureux.
Les regards parfois tendres et aimants.
Nos rêves, ici-bas sans étoiles,
Trouveront un jour, je l'espère,
Un écho, un phare...

Dans la caresse d'un prénom, d'un geste,
D'un sourire... Peut-être...
Dans une main tendue qu'il nous faudrait saisir,
Sans doute...

Laissez-moi donc, par ces quelques mots
Sans doute maladroits, sans doute juvéniles...
Vous remercier !

<h1>Avant Propos</h1>

Écrire est un plaisir infini, tant on peut mêler émotions, sensations, désirs... ou tout simplement recréer une vie. Je me souviens de chaque instant où j'ai écrit ces lignes. Je revois chacun des visages qui m'ont inspiré. J'étais seul, à l'instar de Stan ce soir-là : ce soir du 31 Décembre où je réfléchissais au moyen de commencer une nouvelle histoire. Mais en définitive, il n'y a rien à inventer de plus que ce que l'on vit au quotidien. La solitude ne se raconte que trop bien.

Stan est un personnage imaginaire auquel j'ai donné vie, tout comme cette histoire qui n'est que pure fiction. Il partage mes chansons et mes émotions, omniprésentes dans cet essai livré à vous sans autre ambition que d'approcher au détour d'une ligne, un ressenti, un vécu... Tour à tour, je vous invite à débusquer ces sentiments en vous-mêmes. Partez à la chasse aux chansons qui encombrent vos têtes et vos cœurs. Gardez à l'esprit que chacun de nos souvenirs, de nos émois vivent en chansons, en nous... Ayez une pensée pour ces artistes que souvent nous écoutons sans y prêter grande attention, voire sans même les entendre. Redécouvrez les mots, mais cette fois-ci au travers des sentiments.

À Stevan,
En espérant qu'avec le temps,
ses rêves ont pris forme.

À Vous,
Merci pour tous ces moments.
La vie a ses mystères, qui font que l'avenir
ne sera que ce que l'on voudra bien en faire.

Et puis, comme elle l'a si bien dit :
"je sais que nous avons tous vécu,
quelque chose comme ça..."

À toi enfin,
Dont le prénom " S'illustre au Combat "
Mais qui renonces pourtant
À entrer dans ma vie...

Par pudeur sans doute, ou
peur de ne pas être à la hauteur...
Mais la hauteur, c'est bien trop haut
pour nous autres pauvres mortels...

Inspires-toi de cette histoire,
pour comprendre que l'Essentiel est dans l'instant
et qu'il faut se saisir du temps qui nous fuit...

Ce soir du 31 Décembre

Je m'appelle Stan, j'ai dix-neuf ans. Dans la rue, je ne suis qu'un visage parmi tant d'autres. Rien que l'ombre aux contours estompés d'une silhouette fine et élancée. Comment parler de soi quand les mots parfois nous font défaut ? On a beau chercher celui qu'il faudrait, souvent le sens nous en échappe.

Ce soir, les jeunes de mon âge vont sortir en groupe, s'amuser et fêter la nouvelle année. Pas moi... Moi, je vais rester là à gratter ces feuilles blanches et à faire le point, face à moi-même. Oh là, non ! N'allez surtout pas croire que je suis encore un de ces névropathes dépressifs. Attendez que je réfléchisse... Non, ce n'est pas mon cas... Sincèrement !

Mon histoire, car tout le monde a une histoire, commence il y a dix-neuf ans le jour de ma naissance, dans un bled paumé au fin fond du sud d'un pays de merde... Mon langage vous surprend ?! Pourtant, c'est le langage d'un D'jeun's ! Vous n'êtes plus dans le "move" ? ... Ok, Ok, je traduis : dans la vague !

Bon ! Si vous êtes déjà largué par ces termes dont le signe caractéristique d'une langue vivante est la jeunesse, j'vous invite à commencer à prendre des notes et à utiliser la marge de la page pour vous faire un petit lexique. Pour ceux qui ont une excellente mémoire, essayez de retenir les termes suivants, qui ponctuent l'histoire que je m'apprête à vous raconter !

    lol = je rigole très fort
    cy lol = je rigole de manière cynique

mdr = mort de rire… A défaut de l'être tout court… Mais non, je blague ! Vous avez un sens de l'humour plus que douteux, lol…

Mon histoire commence donc il y a dix-neuf ans. Mais on peut la résumer en quelques lignes :

- Une naissance non désirée *(de manière réciproque, donc autant de leur côté que du mien…)*
- Une enfance malheureuse
- Une adolescence ne valant pas mieux
- Et maintenant… No comment !

(PS : là, il y a une référence à une chanson)

Pourquoi je dis cela ? Parce qu'en plus il vous faut des exemples ?! Ok, ok ! N'essayez pas de me persuader… On verra plus tard pour les exemples, car je ne suis pas sûr que ce soit une bonne idée.

Que dire de plus sur moi à part que je suis étudiant et que je vis à Paris dans un modeste studio ? Je n'ai jamais eu la chance, comme tant d'autres, de voyager. Mes parents se sont installés dans cette ville, au milieu de la grisaille, de la pollution et du spleen de ses habitants quand j'avais cinq ans…

Si vous le voulez bien, il est 20 heures à la vieille horloge du salon *(cadeau fort encombrant d'une vieille tante dont j'ai oublié le nom)*, et à mon habitude je vais me mettre à table. Seul, pour ne pas changer. Le rituel est simple et bien rodé. Il commence de façon classique par le choix d'une musique d'ambiance, pour illustrer la misère du monde… Comme chaque soir je vais hésiter sur les morceaux à écouter, et ce profond dilemme me poursuivra durant tout le repas, me posant inévitablement la question : *« Pourquoi ai-je commencé par celle-ci ?! »*. C'est monstrueux comme les petits problèmes du quotidien peuvent nous bouffer autant d'énergie.

Pour l'occasion, je me suis préparé un « petit » menu, dont vous me direz des nouvelles :

<u>Entrée classique pour un repas de « **Fête** »</u>
- Salade verte avec du maïs et des tomates
- Quelques toasts surmontés d'œufs de lompes

<u>Plat</u>
- Riz accompagné d'une darne de saumon, cuisinée par votre serviteur, de ses dix doigts... Bon, avec le saumon et le riz, vous vous doutez bien que j'ai préparé un accompagnement de légumes : tomates cuites avec de l'ail et des herbes de Provence... Voilà, et je pense n'avoir rien oublié...

<u>Dessert</u>
- Non, ce n'est pas raisonnable me direz vous... Bon ok, je vous mets dans la confidence : une bûche entière au chocolat pour moi, rien que pour moi ! Entre nous, avec qui partagerais-je ce mets délicieux ??? mdr.

Quoi qu'il en soit, ce qui se trouve dans le four et qui s'avère être mon dîner sent rudement bon. Un bémol : ça ne veut pas forcément dire que ça sera bon. Pour la zic, je ne sais toujours pas quoi mettre ; deux chansons ont déjà défilé au fil de ces lignes, et je pense que je vais laisser faire l'ordinateur. Après tout pourquoi pas ? Allez, Léon (*Léon c'est le nom de mon ordinateur lol*), épate-moi !!!

Hum, hum Zazie... *« Larsen »*... Ça aurait pu être pire, mais bon, pourquoi pas après tout... Lumière Off !! Sur la table deux bougies, que je vais allumer pour l'ambiance. C'est super, ce soir je dîne en tête-à-tête avec le crâne d'œuf qui présente le journal télévisé. On ne peut rêver mieux pour un soir de réveillon. Ce qui me paraît le plus étrange, c'est que le monde ne tourne pas rond et moi je m'en balance, mais à un point ! Même le soir du 31 Décembre, le terrorisme ne connaît pas de trêve... En même temps, y a-t-il des jours spécifiques pour tuer, surtout au nom d'un prétendu Dieu ?! Finalement, à écouter ces conneries qui passent à la télé, je me demande si je ne ferais pas mieux d'éteindre la boîte à images, de changer cette musique *(qui est une lettre ouverte à mon ex),* et à m'imaginer un repas intimiste à deux. Avec une personne dont je suis sûr qu'au moins, elle ne me prendra pas la tête avec ses petits problèmes et son esprit étroit.

Je profite des quelques minutes qui s'offrent à moi pour laisser libre cours à mon imagination. Après tout, cela n'a jamais tué personne, alors allons-y... Avec qui aimerais-je dîner un soir de 31 décembre ? Oui, qui pourrais-je bien inviter à ma table ?! Je n'en ai fichtrement aucune idée... Et si je fermais les yeux, est-ce que cet exercice de style périlleux serait plus facile ? Bon, je m'exécute et je pense très fort... Hum difficile, très difficile... (*Oui c'est emprunté à Harry Potter lol*). Ah je vois !!! Non en fait, je ne vois personne. Enfin, si ! Je vois bien quelqu'un, mais bon en même temps, qu'est-ce que Whoopi Goldberg viendrait faire à ma table ?! Je me vois mal lui demander de me faire l'honneur de se joindre à moi. Non, c'est vrai sans blague, qui suis-je pour espérer dîner avec Mme Whoopi Goldberg ?! LA Whoopi Goldberg qui a joué dans *« **Sister Act** »*, celle dont le rire tonitruant vous glace le sang... Arff !!

Bon, après tout ce n'est qu'un rêve... Donc, rien ne m'empêche d'imaginer que Whoopi Goldberg en personne daigne accepter mon invitation à dîner. Cependant, mettons-nous bien d'accord : je ne veux pas d'une Whoopi qui speak english ! I Would Like a Whoopi Who Speak French! Parce que moi, l'anglais, ça va un moment, mais faut pas m'en demander trop durant toute une soirée ! Bon je sais déjà dire trois trucs du style *« Hello my name is Stan »*. Heu, oui c'est bien ça, mais bon ça ne va pas remplir un repas, surtout avec Whoopi... Non, mais sans dec' vous me voyez lui faire style : « *Hey Whoopi my name is Stan, and you what's your name? Oh, so good, so but my name is Stan mm mm »*, c'est la honte assurée... Bon refermons les yeux, je me concentre. Arff !! Non, ce n'est pas possible : je ne vais pas la recevoir dans cette tenue ! Vite, il faut que je me change... Allons un effort, je sais que je peux le faire ! Après mûre réflexion, je jette finalement mon dévolu sur une chemise blanche, un pantalon noir et des chaussures de circonstance... Qui a dit que je ressemblais à un cachalot ?! Fayot va ! Cependant, un truc me chiffonne : le décor... Allez ! On change ça aussi ! En quelques secondes, le décor imaginé dans mes rêves d'adolescent refait surface. Il personnifie pour moi le summum du romantisme qui fit place, un beau jour des années 50, au réalisme de l'argent et des roses à crédits.

Si je devais décrire ce lieu magique, où le romantique que je suis inviterait la personne adorée, alors je l'emmènerais à bord d'une péniche sur les quais de Seine à Paris *(je précise, pour ceux qui sont nuls en géographie)*. Sur le pont supérieur serait dressée une table recouverte d'une nappe blanche, offerte au regard dès l'entrée. Dessus, un grand vase de cristal, dans lequel serait artistiquement disposé un immense bouquet de roses blanches. Juste à côté, délicatement posé, un petit carton plié en deux sur lequel j'aurais griffonné en lettres d'or un mot doux, du style *« Bien à vous »*... En même temps, Paris un 31 décembre : il gèle. Il faudrait donc, pour parfaire cette mise en scène, que la péniche soit équipée d'une véranda qui permette d'admirer le décor féerique d'un Paris illuminé la nuit, sans en subir les frimas. Les mauvaises langues, et je les entends d'ici, diront à tort ou à raison que le climat est à l'image des habitants de la capitale : froid et peu accueillant... Revenons, si vous le voulez bien un instant, à la table. Elle devra accueillir deux convives autour d'un dîner, où les bougies d'un grand raffinement créeront l'intimité. Les verres en cristal de Baccarat accompagneront des couverts d'argent... Que diable, soyons fous ! Faut que ça brille ! Sur le fond de la péniche, une estrade de taille modeste, quoiqu'assez large et profonde, accueillera un orchestre à cordes. Trois violonistes, deux bassistes, un joueur de guitare... Rien que ça oui ! Évidemment, la tenue vestimentaire des musiciens doit être assortie au décor pour rester dans le ton de la péniche 4 étoiles : habillons-les donc dans un style vénitien du XVIIème qui leur ira parfaitement... Autre détail d'importance : les masques ne doivent pas être facultatifs. Je refuse de voir leurs regards de marionnettes animées ! Question musique, il y a tout ce qu'il faut... Non ! Sacrilège ! Il manque le roi des instruments : il me faut un piano ! Oui, s'il me venait à l'esprit de jouer un petit morceau pour épater mon invitée de marque ! Humm, prévoir en réserve également un joueur, au cas où je viendrais à faire défaut...

Whoopi arriverait donc, sur le coup de huit heures et demie. Il est exactement huit heures vingt, ça me laisse pile dix minutes pour tout vérifier. J'inspecte une dernière fois chacun des éléments de mon Rêve... Tout a l'air à sa place. Il y a même du champagne dans un seau : on atteint le « must » du raffinement. Le décor commence à prendre vie... Pourquoi suis-je étonné ? Je ne devrais pas l'être au contraire... Je peux aller encore plus loin dans le délire ! Mais bon c'est trop, comment dire... trippant !

Un bruit de moteur provenant du haut de la rue me fait sortir sur le pont. Deux gros phares blancs descendent lentement, balayant les bords des quais de Seine. Mon cœur bondit dans ma poitrine, à en rompre chaque côte. Elle arrive ! J'ai de plus en plus de peine à y croire... Bon, on ne s'endort pas ! Le valet s'approche (*vêtu comme je le lui avais demandé, style vénitien XVIIème*), prêt à l'accueillir. C'est parfait ! Tout s'enchaîne à la perfection. D'ici quelques secondes, elle franchira le seuil de la péniche, foulant mon rêve de son pied léger. Quand je dis quelques secondes, c'est sans compter sur le fait qu'elle est là bien avant que je ne l'eusse imaginé... Le maître d'hôtel ouvre la porte et l'accueille d'une voix claire et haute : *« Madame ! Monsieur vous attend. Si vous voulez bien vous donner la peine de me suivre... »* Je l'entends, ELLE, d'une voix chaude, chaleureuse et douce, lui répliquer dans un Français remarquable : *« Mais ce sera avec un immense plaisir... »*. Ça y est ! Au-delà du rêve se concrétise cette folle envie de ne pas être seul la veille du Jour de l'An. Je pourrai enfin le dire : *« Ce soir-là, moi non plus je n'étais pas seul..."*. Je l'entends descendre les marches : ses talons martèlent le plancher, résonnent dans ma tête. Dans l'attente de son apparition, cet instant me paraît long, interminable...

Elle prend son temps, savourant (*à mon grand désespoir*) chacune des secondes qui séparent notre rencontre. Elle doit jouir de cet instant, sans doute, comme le font les grands fauves conscients que la vie de leurs proies ne tient qu'à un fil, prises dans l'étreinte de leur bourreau, ne luttant déjà plus, s'abandonnant à l'évidence. Mais je suis heureux d'être sa proie à cet instant précis ; de façon irraisonnée, je suis profondément excité par ce sentiment de peur, d'attente et d'interrogations mêlées tout à la fois...

Aussi loin que je me souvienne, sans que ma mémoire me trahisse, je n'avais jamais ressenti ce désir, cette sensation. Mon regard se fixe sur le bord de la péniche, exactement là où elle doit arriver. La tension est de plus en plus forte. De façon gracieuse, elle va sans doute contourner la haie de rhododendrons *(étrangement fleurie pour la saison)* délimitant le pont de la véranda qui nous sépare, pour prendre place à mes côtés. Une dernière fois, je retiens mon souffle. Sortant de nulle part, le majordome me fait presque sursauter. Elle est là, derrière lui, vêtue d'une longue robe rouge dont les épaulettes s'enroulent dans une frange de tissu, évoquant à s'y méprendre le kimono traditionnel. Sa démarche féline fait chatoyer le tissu soyeux, dont la teinte colore son visage soigneusement mis en valeur par un maquillage sobre. Elle esquisse un large sourire et l'espace d'une seconde, cette apparition fait d'elle un ange ! Deux broches habilement disposées retiennent sur le dessus de son ample chevelure, rejetée vers l'arrière, une série de petites mèches rebelles. Je deviens rouge comme une pivoine pour avoir eu le culot de rêver cet instant : Moi, Stan, parfait inconnu, dînant là, seul en tête-à-tête avec Whoopi Goldberg, illustre artiste comique et dramatique de ces deux dernières décennies, aux multiples facettes, qui nous a tous fait mourir de rire, un jour ou l'autre, de l'autre côté de la « petite lucarne ».

D'un mouvement du bras, j'attrape dans le vase l'une des roses blanches. Je m'approche d'elle d'un air un peu gêné, mais suffisamment sûr de moi, un tantinet suffisant, arborant un sourire de satisfaction ; je me penche sur sa main pour le rituel baisemain de circonstance qui fait, dit-on, vieille France, et lui tends la modeste fleur qui semble si indigne de l'éclat et de la grâce de Whoopi...

- *Permettez-moi de vous remercier d'avoir accepté mon invitation*, lui dis-je d'un air pompeux.
- *Allons donc*, réplique-t-elle d'une voix chantonnante, *ne nous embarrassons pas de protocole. De nos jours, toute cette galanterie n'a plus cours...*

Je rougis devant sa simplicité, cherchant les mots pour éviter de la froisser. Détournant le regard, j'ajoute :

- *C'est que voyez-vous, mon problème c'est justement d'être tellement romantique...*

Elle se met à rire...
- *Oh pardon... C'est que vois tu me dit-elle, je n'ai pas l'habitude de tant d'attentions. Cette rose est magnifique et je t'en remercie... Mais par pitié, tutoie-moi... Sinon je crois bien que je vais prendre dix années de plus chaque fois que tu me diras « vous ».*

Elle s'avance vers moi, me prend la main à son tour...

- *Votre... Pardon ! Ton voyage s'est bien passé ?!*
- *Oui ça peut aller ! En même temps, voyager en première et aussi vite que la lumière n'est pas épuisant, loin de là. Je dois dire que c'est même très reposant. Dire qu'il y a vingt minutes j'étais en pyjama, affalée devant un programme de télé affligeant*, avoue-t-elle en détournant le regard...

- *Oui, en même temps, pour un Américain, Paris est une ville de rêve !*
- *Oui, c'est la ville la plus romantique du monde ! Tu ne crois pas Stan ?!*
- *Non... Enfin, je ne sais pas. Question romantisme, tout le monde cite Venise. Alors, j'avoue ne pas trop savoir...*

Elle me regarde de son œil pétillant et ajoute :

- *Pour ma part, Paris ou Venise c'est du pareil au même. Aucune ville ne symbolise le romantisme. Ce dernier n'est certainement pas lié au décor, et encore moins au lieu : c'est un élan du cœur, de l'âme, et...*

Je sens mon cœur s'arrêter en entendant ces mots. Ma respiration se bloque. Elle vient en quelques phrases de briser ma bulle, et je commence à m'interroger sur l'absurdité de cette situation. Sans doute a-t-elle raison : j'ai imaginé là un décor somptueux pour qu'elle connaisse mes goûts, lui faire partager mon idéal d'élégance, mais elle n'est pas dupe. Esthétiquement, ce lieu n'est pas « beau » à proprement parler, puisque le décor que j'ai créé n'est que l'illusion stéréotypée de ma conception de la beauté et du romantisme. Et c'est ce que j'ai décidé de lui imposer... Je peux très bien être le premier des salauds planqué dans un décor de rêve, je demeurerai toujours ce même salopard en costume trois-pièces. En même temps, tout n'est ici que le fruit de mon imagination, et c'est mon cœur qui a conceptualisé et donné vie à ce rêve. Ce souffle créateur provient de mon âme, c'est elle qui a fait en sorte que puisse exister cet instant magique... Je souris en la regardant, j'acquiesce de la tête en silence avant d'ajouter :

- *Tu as raison, j'ai été bête de vouloir t'en mettre plein la vue, alors qu'il suffit parfois d'une présence...*

À son tour elle sourit et nous nous asseyons côte à côte, face à la cathédrale Notre-Dame. La température est douce grâce à la véranda qui nous protège, et le flot de la Seine berce délicatement la péniche.

- *Comment vit-on le fait d'être célèbre ? Je veux dire, comment fait-on pour ne pas prendre la vie au sérieux et s'amuser de tout ça ?!*
- *Tu me fais rire,* me confie-t-elle. *Je n'ai pas joué que dans des films comiques, et puis la gloire est venue à moi par hasard, tu sais !*
- *Pourtant, à l'écran je ne t'ai vue que dans des compositions dramatico comiques. Bon c'est vrai, il y a eu des films plus graves que d'autres, mais en général, il y avait toujours cette pointe d'humour qui n'appartient qu'à toi, non ?*
- *Oui c'est vrai,* m'avoue-t-elle. *En même temps, je crois qu'il faut prendre la vie avec humour, pour éviter de prendre la grosse tête ou de sombrer...*

Le silence commence à s'établir, durant ce bref instant qui se grave dans ma mémoire.

- *Nous passons à table ?!*
- *Volontiers !* m'encourage-t-elle.

Loin d'être rassuré sur le fait que tout se passe comme je l'avais imaginé, je me dis que cela aurait pu être pire... L'entrée en matière de ce bref échange a été la plus nulle de toute ma vie. Le prochain coup, tant qu'à faire, je lui demanderai cash son âge... Non, mais Stan, réveilles-toi, mets la barre un peu plus haut !!! Heureusement, Whoopi a rebondi sur autre chose, au point que j'en oublie la notion du temps : notre discussion nous accapare à présent, et je serais bien en peine de dire, même approximativement, l'heure qu'il peut bien être. En même temps je m'en moque, parce que ma seule envie, c'est que ce moment ne cesse jamais. Une présence, c'est décidément le sel qui manque à ma vie. Elle me parle de tout et de rien et moi, je souris... béat. Je ne parle pas de moi, du moins pas de manière directe. Il faut dire que nous évitons soigneusement l'épineuse question *(alors que tout le monde fait la fête un soir de réveillon)* du pourquoi et du comment on arrive à se retrouver seul un 31 décembre. Elle me demande de lui confier ce que j'ai pensé de ses films, et j'avoue ne pas savoir par où commencer.

- *Quels films as-tu vu de moi ?!*

- *Bonne question, dis-je confus. J'ai vu « **Ghost »**, inoubliable... « **La couleur pourpre »**, un bref passage dans « **Star Trek Deep Space Nine »**... Inévitablement dans « **Sister Act »** et de manière plus dramatique dans un rôle où j'avoue ne pas t'attendre, dans « **Boys on the Side. . . »**.*

- *Et...*

- *Et bien... Ce film a le don de m'anéantir...*

- *Pour quelles raisons ? J'imagine qu'il ne doit pas y en avoir qu'une seule ?!*

- *En effet... Je ne sais pas... L'histoire, le sujet, le contexte, les chansons...*

- *De quel genre, les chansons ?!*

- *Celle-ci, mais je vais te la chanter.*

- *Tu chantes ?!*

- *Oui, comme une casserole ! Mais bon, y'a pire que moi, pour me rassurer, je n'ai qu'à regarder les émissions dites de « Télé-réalité » du style « Pop Star » ou « StarAc »...*

- *Lol... Allez, je t'écoute...*

Je me lève doucement et me dirige vers l'orchestre qui jouait jusque là de la musique de chambre, style menuet de Bach ou de Mozart. Le type du piano se lève et va s'asseoir un peu plus loin. Je prends sa place. Étrangement je n'ai pas peur, malgré l'angoisse de la décevoir et le désir de faire au mieux pour l'impressionner. Après tout ce qui vient de se produire, ce serait un comble d'avoir peur. Dès les premières notes qui s'échappent du piano, je sais qu'elle se souvient exactement de la scène... Moi, dans ma tête tout s'emmêle et je commence à chercher vainement mes mots... En même temps, ça n'arrange pas les choses : la chanson est en anglais. J'en saisis le sens, attention !!! Et même la forme !! Mais c'est plus délicat de restituer l'émotion. Je revois ma prof' de chant me hurler de sa voix stridente : « *La voix est le reflet de l'âme... Si tu vas mal, ça ne sert à rien de chanter parce que ça sera minable !!*". Après le premier accord, je me lance: « *How many times do I have to try to tell you, That I'm sorry for the things I've done* ».

Mon regard se dirige automatiquement vers elle. Ses yeux me sourient, mais peut-être n'est-ce que par politesse ?! Est-ce un sourire de complaisance, ou simplement m'encourage-t-elle à poursuivre ? Ou alors, de manière plus pernicieuse, est-ce le sourire de quelqu'un qui vous dit « *Stan, pitié arrêtons là ça ira... »*, comme elle l'a fait dans la scène précédente du film ? Non je ne pense pas ; quelque chose me dit que mon style lui plaît, et je poursuis avec enthousiasme, laissant mon esprit transformer les traits de son visage en ceux d'une autre personne plus chère à mon cœur. Elle a reconnu la diva Annie Lennox et sa chanson « **Why** », et dans ma tête viennent se télescoper le souvenir des longs mois où je l'écoutais en pleurant. Si je tente de faire le point sur ces mois, je ne vois qu'un visage.

Un sourire, une personne que j'ai tant aimée et qui s'est éloignée pour ne plus me voir souffrir. Je repense à l'année dernière, quand je l'ai aperçue dans l'embrasure d'un couloir, et que l'on m'a dit : *« Arrête, laisse tomber... »*. Je me revois me dire *« Ouais »* et songer aussitôt le contraire tant j'étais ému par son visage. Je me souviens de son prénom, qui me poussa à créer une chanson, une ode à la vie. Le prénom qui vous prend au cœur, qui vous souffle : *« respire »*... Je me rappelle ce doux visage, que je cherchais dès le matin parmi la foule pour me rassurer, me dire *« ça va... c'est un bon jour, tout va bien... »* Je me souviens de tout cela... Et pourtant, étrangement je n'ai plus mal. Juste des regrets. Je sais que nous avons tous deux fait les bons choix.

C'est étrange la mémoire : elle peut en une fraction de seconde nous restituer toutes les émotions, mais nous en cacher le cheminement. Je me souviens très bien de détails précis, mais à aucun moment je n'ai le souvenir d'avoir reçu la moindre explication à ses actes. Je savais que cet amour était voué à un échec et, inévitablement, à un scandale retentissant. Mais en même temps, y a-t-il des raisons pour aimer ?! Je sens en moi comme une lame me transpercer, remonter jusqu'à ma tête... Et si j'avais fait une erreur en me taisant ? En abandonnant ce combat, laissant mon inaction gagner, et ainsi donner le dernier mot à cette morale bien pensante qui veut que deux mondes ne puissent se mélanger. Avons-nous une seconde chance dans la vie, où sommes-nous condamnés à vivre dans le regret ?

Peut-on quantifier l'amour, le vouloir et le provoquer ?! Où es-tu à cet instant précis, tandis que moi, je délire dans un rêve absurde : dînant avec Whoopi, et pensant à toi ? Étrangement, les paroles de la chanson s'égrènent à présent, vides de sens, comme mécaniques. Mes yeux sont perdus dans le vague, mes pensées sont ailleurs. Ce n'est plus pour Whoopi que je chante. Non, c'est même une certitude. C'est pour mes souvenirs enfouis, pour cette ombre. Pour toi... Je ne me souviens plus de ce qui m'a sorti de ce songe éveillé. Les applaudissements de Whoopi ? Ou ce silence de mort qui vous fait vous apercevoir que finalement, vous êtes toujours seul au monde ? Non, je rectifie. Que **JE** suis seul au monde. En même temps c'est d'une banalité affligeante, la solitude pour un orphelin.

- *C'était très joli,* me dit-elle, *mais tu ne chantais pas pour moi !*

Elle avait deviné, comme si elle lisait en moi comme dans un livre ouvert...

- *Non en effet... Je suis désolé... Je me suis laissé submerger par mes souvenirs...*
- *Ce n'est pas grave...*
- *Rien n'est grave Whoopi... Sauf de se mentir à soi-même...*
- *En as-tu parlé avec cette personne ?!*
- *Non ! Les mots ne sont jamais venus à mes lèvres. Au lieu d'avoir une explication sincère, je me suis réfugié dans un silence un peu lâche.*
- *Veux-tu m'en parler à moi ?*
- *Non ! Ce n'est ni le lieu ni le moment...*
- *Ah... pourtant, on est le 31 Décembre et tu imagines que tu dînes avec moi ! Sais-tu comment on appelle ça en psycho ?*

- *J'apprécie que tu fasses référence à mes études : oui, je fais un transfert... Mais je préfère en maîtriser la formulation.*

Elle m'a en l'espace d'une seconde ramené à la triste évidence... Rien de tout cela n'est réel. Pas même les sensations, et pourtant cet instant c'est avec une autre personne que je désirais le vivre. Mais c'est Whoopi que mon esprit a visualisé Pourquoi Whoopi ? Ai-je le droit de sombrer à nouveau dans ces folies obscures ou dois-je continuer ce songe éveillé ? Je me suis déjà interdit tant de choses... Mais je ne m'interdirai pas la fin de celui-ci. Je me dois d'aller jusqu'au bout de cette séance d'autopsychanalyse... D'en finir avec ce lancinant besoin d'idéal pour te mettre à mort, et pouvoir enfin t'oublier !

- *Stan, ça va ?! Tu m'as l'air ailleurs !*
- *Non, non... Alors cette entrée, comment l'as-tu trouvée ?* dis-je d'un ton faussement enjoué.
- *Mmmm... délicieuse, j'attends la suite avec impatience.*
- *Il suffit de demander...*

En moins d'une seconde, le maître d'hôtel est là, et les assiettes sont changées. Nous passons au plat principal, et très vite les rires reprennent. Étrangement je suis bien et ton souvenir obsédant est loin à présent. Whoopi rit énormément en me racontant des anecdotes de tournage, et moi je me rappelle ses films. Ses répliques légendaires me reviennent à l'esprit ; je redeviens l'enfant qui passait du rire aux larmes dans « ***Ghost*** » et qui savait déjà, en regardant ce film aux sous-entendus parfois évocateurs, que sa vie, son destin avaient changé. Mais ça, elle l'ignore bien sûr. Elle ignore la signification même de ce film pour moi, tout comme elle ignore que « ***Boys on the side*** », plus tard allait, lui, aussi renforcer mes choix, mes convictions et mon engagement. Il vaut mieux qu'elle ignore tout cela et je préfère qu'il en soit ainsi.

- *Le saumon est fabuleux*, lance-t-elle soudain. *Il est épicé à souhait, tellement que j'ai l'impression de remonter avec lui la rivière...*
- *Oui c'est vrai, je ne pensais pas que se serait le cas en le préparant !*
- *Arrête, tu me fais déjà assez hurler de rire !*
- *En même temps si j'avais su ! Je me serais davantage appliqué...*
- *Stan, ne change rien ! Tout est parfait !*
- *Alors dans ce cas...*
- *Stan ! Puis je te demander quelque chose ?!*
- *Oui bien sûr.*
- *Pourquoi la péniche et ce décor...*
- *Aie ! Je m'attendais à cette question.*
- *Tu la redoutes ?! Me dit-elle sur un ton de défi.*
- *Non, c'est juste que cette scène vois-tu, cet instant, ça fait des années que j'y pense...*
- *Et tu l'espérais avec l'autre personne ?*
- *Oui... Mais le destin en a décidé autrement.*
- *Quel âge a-t-elle aujourd'hui ?!*
- *Qui donc ?!*
- *La personne ! Elle n'est pas mineure au moins ???*
- *Non bien au contraire ! Et je préfère ne pas aborder le sujet, dis-je gêné.*
- *Ok, je comprends, mais en même temps, tu sembles tellement penser à elle...*
- *Ouais... Si tu savais... Me risquai-je à rougir.*
- *Mais j'imagine ! Et c'est sans doute pire, mon grand. En tout cas, elle a de la chance...*

- *Oui... Mais si seulement elle le savait...* murmurai-je dans un soupir.
- *Pourquoi ne le lui dis-tu pas ?!*
- *C'est impossible !*
- *Il n'y a rien d'impossible...*
- *Si, certaines choses le demeurent !*
- *Essaie de ne plus y penser alors !*
- *J'essaie, mais c'est très dur...*

Les musiciens jouent un air que je ne reconnais pas sur le moment. Ce n'est que lorsqu'ils attaquent le refrain que les paroles m'interpellent. C'est là, à ce moment précis, qu'elles me replongent à nouveau dans le passé. Les images, les souvenirs s'entremêlent de façon si rapide et confuse que j'ai du mal à suivre. Une larme coule, suivie par d'autres. Whoopi ne s'aperçoit de rien : elle est trop absorbée à me raconter les anecdotes et le tournage de « ***Boys on The Side*** ». Tandis que je chante en moi-même ce refrain qui, traduit, donne à peu près ça : « *Tout ce que tu voudras tu l'auras* ». Je me rappelle soudain que Whoopi avait chanté cette chanson, dans le film qu'elle me raconte à l'instant. C'est étrange : quand je l'entends d'habitude, c'est à la première tierce que je me mets généralement à pleurer... Je me souviens alors de cette « ***Mémoire collective*** », qui me colle à la peau comme ce « déo » à deux balles, vanté dans une publicité de merde... Pourquoi chaque chanson que j'écoute me ramène-t-elle inéluctablement à une période de ma vie ?! Et pourquoi est-ce chaque fois à cette période où j'étais empli de doutes, où j'avais tellement mal que j'étais incapable de mettre des mots sur ma souffrance ?

Tout se mélange, se heurte, s'entrechoque. Il faudrait de la force et des mots pour supporter autant d'émotions, pour décrire ce sentiment... Devant ce vide abyssal de vocabulaire, je me surprends à admirer ma prise de conscience et l'incapacité que j'ai, à cet instant, à mettre des mots sur mes maux. Chaque frustration nous fragilise ; on pleure chaque fois que l'on se sent offensé. Mais, de joie, on ne pleure qu'une seule fois... La mémoire a une étrange manière de stocker les émotions comme les souvenirs. Nos mots, nos envies, nos rêves sont toujours là, rangés symétriquement comme des poupées russes.

J'ai trop souvent loupé le coche : à 19 ans, je travaille déjà tout en poursuivant mes études. Je tiens à m'assumer financièrement, car je n'ai personne pour m'aider. À Paris, pour un étudiant, cela relève de l'exploit. J'ai beau rester malgré tout persuadé que quelque part UNE personne m'attend, il n'en reste pas moins que si nos routes se sont déjà croisées, soit je ne m'en souviens plus, soit je n'y ai pas prêté attention. Sans doute nous sommes-nous égarés en chemin, perdus sur d'autres routes et finalement nous sommes devenus des inconnus l'un pour l'autre.

Je reste là, face à moi-même, en tête-à-tête avec Whoopi, ces rires et ces souvenirs qui me minent. Je ne songe à rien d'autre qu'à ce fameux été passé. Je regarde autour de moi : la péniche est somptueuse, le service est propre, étincelant... Et moi, qui ressemble à un pingouin tiré à quatre épingles, alors que Whoopi porte une tenue excentrique qui lui colle parfaitement à la peau... Cet instant magique, fantasme d'adolescent jailli du passé, me submerge... Tout, dans ce rêve, est à sa place, tout... Sauf un visage, qui n'est pas celui que j'aurais voulu avoir en face de moi à ce moment... En même temps, que ferais-tu en ce lieu insolite ? Tu n'y as pas ta place. Et pourtant, moi c'est à cet instant, à cette place, en ce lieu, que j'aurais voulu te voir. Te regarder me sourire, t'entendre rire aux éclats... me dire : *« allez respire ! Je suis là... »*. Le champagne coule à flots, mais nous tentons de boire avec modération… Les plats s'enchaînent, leurs saveurs nous étourdissent. De temps en temps, je ne peux m'empêcher d'afficher un rire forcé qui déforme mon visage et rompt l'harmonie. Elle sait que je suis ailleurs, mais ne dit rien. Généreuse, elle l'accepte, et son silence à ce sujet me soulage. Parler de ma mélancolie me fait peur… Ce soir je veux m'amuser, ne plus y penser. Parfois mon regard se perd de côté, vers Notre-Dame. Soudain, une pensée me traverse l'esprit ! Mais oui !! Je me trouve à quelques pas du fameux *« Km 0 »*, là où l'on peut soi-disant changer le cours de sa vie, repartir dans une nouvelle direction… Oublier le passé ! Cette idée m'enchante, et je me promets de m'y rendre dès ce repas achevé, afin de m'accorder un nouvel espoir. Et qui sait, repartir sur d'autres bases, sans doute plus saines ?

- *Stan !*
- *Heu… Oui pardon ! Tu disais ?*
- *Je te demandais s'il était possible de descendre la Seine en péniche.*
- *Oui bien sûr… En voilà une excellente idée ! Nous serons comme ça aux premières loges pour le feu d'artifice, tout à l'heure.*

À peine a-t-elle affiché son air ravi que le maître d'hôtel a déjà disparu en cabine, pour demander au machiniste de faire démarrer cet *« îlot de tendresse et de romantisme »*. Toutes les lumières de Paris, toutes les étoiles du ciel se reflètent dans les yeux de Whoopi, écarquillés comme ceux d'une enfant devant la vitrine d'un pâtissier… Quel romantique invétéré me direz-vous ! Oui, mais c'est la seule chose qui me vienne à l'esprit, tandis que je la dévore des yeux.

Au fil de l'eau, nous croisons sur les quais de Seine des passants qui regardent, incrédules, cette scène tout droit sortie d'une production hollywoodienne. Nous devinons leurs pensées, nous lisons dans leurs yeux la surprise, puis une certaine jalousie devant notre couple... irréel. Un homme *(moi)*, jeune *(encore moi)*, sur une péniche, attablé avec Whoopi Goldberg *(elle)* !! J'imagine déjà la « une » des journaux à scandales... C'est d'ailleurs surprenant que nous n'ayons pas encore été importunés par les flashs de paparazzi en panne de scoop. Whoopi me regarde, complice, et l'idée que des gens puissent penser à mal nous rend... Comment dire... Extrêmement *« morts de rire »*. Ça pour rigoler, nous rigolons ! Et même très fort ! De la péniche, nous entendons l'écho de leurs railleries, qui nous parvient des trottoirs environnants. Et nous nous lançons tous deux dans une parodie de leurs quolibets qui nous fait une fois de plus rire aux éclats ! Elle me rend plus fort, face à ce monde sarcastique, hypocrite, toujours prêt à égratigner, à détruire le bonheur, sans pitié. Rire avec elle me fait un bien fou, me sauve de moi-même. Je réalise enfin qu'il me faut dépasser ces chimères, tirer un trait sur le passé une bonne fois pour toutes et vivre enfin dans la vraie vie.

Au diable ces préjugés stupides qui prétendent qu'un homme pense obligatoirement à mettre dans son lit la femme qu'il s'applique à faire rire ! D'ailleurs, Whoopi mérite bien mieux que moi, dans son lit. Infiniment mieux que ce jeunot de dix-neuf ans, à peine sorti de l'Université, incapable d'aligner deux mots l'un derrière l'autre... Mieux que cet ado amoureux transi et pathétique qui rêve, à demi éveillé, dans la froideur d'une péniche un soir de réveillon... Péniche qu'il ne pourrait même pas lui offrir en d'autres circonstances... Comme elle l'a si bien dit, le romantisme n'est pas forcément l'apanage d'un lieu : il naît d'un instant privilégié, d'un accord, d'un désir partagé. Apprends Stan, et retiens la leçon si tu veux grandir et devenir un homme. Même si tu es de ceux qui estiment que l'amitié peut exister entre une fille et un garçon sans qu'il soit question de sexe, il me semble que le monde serait moins cruel si davantage d'hommes pensaient comme moi que le bonheur peut exister ailleurs que dans un lit. Néanmoins, l'espoir qu'une belle amitié puisse devenir une véritable histoire d'amour te fait parfois occulter la possibilité de te prendre un « râteau ». Pourquoi pleurer pour si peu me diras-tu ? Faut-il que tant de déceptions et d'attentes brisées fassent couler un océan de larmes pour que tu comprennes la valeur de l'attachement ? Pourtant, je ne me souviens pas avoir un jour pleuré pour une fille...

Je vois Whoopi qui rit à s'étrangler, et moi qui meurs de rire tant je me dis que j'ai une vie de merde... Allez, ce n'est pas grave après tout ! Elle est sans doute mariée, elle a sans doute des enfants... Elle connaît probablement tous ces plaisirs simples que je n'aurai peut-être jamais...

Une question me vient soudain à l'esprit ; j'en rougis tant elle me brûle les lèvres. Tant pis, Whoopi ne répondra sans doute pas, mais au moins je l'aurai posée...

> - *Whoopi ! Ça a été dur de jouer le rôle d'une lesbienne dans* « ***Boys on the side*** » *?!*

Son rire s'arrête net et l'espace d'un instant, je ne vois que ses yeux grands ouverts me dévisageant. Sa lèvre inférieure se plisse soudain, et elle repart encore plus fort dans un éclat de rire qui me met très mal à l'aise.

> - *Stan, je l'attendais ta question,* dit-elle dans un rire qui devient communicateur.
> - *Tu n'es pas obligée de répondre,* dis-je gêné, *je suis désolé...*

- *Attends, je reprends mon souffle... Ah là, là... Oui ça a été très dur, mais cette expérience a été très enrichissante !*
- *Mais tu n'es pas lesbienne pour autant ?!*
- *Mdr... Et si c'était le cas qu'est ce que cela changerait ?! Cela changerait-il la face du monde ?! Ou ta manière de me voir ?*

Confus, je ne sais pas quoi répondre. Non évidemment, cela ne me dérangerait pas... Puis d'abord pourquoi cela me gênerait-il ?! Ça nous rapprocherait, sans doute. Je baisse les yeux, comme un gamin qui a dit une bêtise et qui craint la remontrance ; et à cet instant, contre toute attente elle prend ma main :

- *Stan c'était pour rire, ne prends pas cet air accablé. Et puis j'assume ce que je suis, et tu devrais sans doute faire de même.*

Que venait-elle de dire ?! Comment peut-elle avoir connaissance de quelque chose d'enfoui aussi profond en moi ?

- *C'est dur d'assumer une vie que l'on n'a pas choisie !*
  Dis-je sur un ton méfiant, cherchant à comprendre le sens de sa phrase...
- *Oui je sais, mais il faut jouer de dérision. L'essentiel est ailleurs, au-delà du miroir qui nous renvoie chaque matin notre image !*
- *Oui je sais...* Pensant sur le moment qu'elle était en train de dérailler ou de se moquer de moi...
- *Stan, tu connais cette chanson qui dit : « On se maquille de faux-semblants pour exister... » ?*

- *Non je ne la connais pas !* Voilà qu'elle parle de me travestir maintenant pensai-je...
- *Elle est issue d'une comédie musicale française nommée « **L'ombre d'un Géant** ». Me permets-tu de te la chanter ?*
- *Oh oui avec joie !* Non, ça va fausse alerte, ce n'est qu'une chanson...

Ni une ni deux elle se lève avec un sourire de satisfaction qui s'étire jusqu'aux oreilles. Elle se dirige aussi sec vers le piano, tandis que je tourne ma chaise pour être aux premières loges. Elle est devant moi, me dominant de sa stature, toute en grâce, inégalable. L'espace d'un instant, j'ai envie que nous ne soyons pas l'un pour l'autre que ces deux ombres, inaccessibles, enfermées dans ce rêve. Hélas, nos rêves comme nos vies nous retiennent prisonniers. Elle murmure aux musiciens quelques consignes que je n'entends pas. J'ai un peu de mal à imaginer Whoopi dans le rôle d'une chanteuse, au-delà évidemment de tous les rôles qu'elle a pu interpréter au cinéma : elle a eu tant de rôles de composition où elle jouait celui d'une artiste musicienne. Alors, pourquoi ne s'en sortirait-elle pas dans ma post production chimérique à faire pâlir plus d'une pointure des studios d'Hollywood ?

Mais le doute se dissipe en moi lorsque résonnent les premiers accords, qui s'insinuent doucement en moi alors que je me suis, une fois de plus, laissé absorber par mes pensées. Une guitare, rapidement suivie par les percussions, puis le pianiste qui les accompagne après quelques hésitations, entonnent cette mélodie. Et elle, elle est là, devant moi. Les paroles m'atteignent en plein cœur, colorent avec passion la mélodie. Des paroles en français d'une pure violence, tant elles sont vraies. La chanson commence ainsi : *« Y'a des fantasmes comme des fusées dans nos pensées qui nous décollent seuls dans nos têtes [...] Pour s'arracher loin du quotidien qui va toujours bien, avec nos portables à la main [...] qui n'a pas rêvé d'être une star, pour mettre en scène son désespoir ? [...] On veut l'amour que l'on mutile à cause du temps... ".* Elle me chante sa vie, qui me renvoie en écho ce visage et ces rêves pour deux qui jamais ne verront le jour. Je n'ai pas remarqué qu'elle avait fini de chanter... J'entends encore sa voix qui résonne dans ma tête, je voudrais que cette mélodie ne cesse jamais, connaître toujours ce repos... Je ne pleure pas ce coup-ci, parce qu'une phrase me vient à l'esprit *« c'est tout ce qu'il me faudrait...».* À cet instant Whoopi rigole et dit aussitôt : *« Oui, c'est tout ce qu'il nous faudrait pour nous sentir vivants... ".* Elle lit en moi comme dans un livre, ne me laissant aucune possibilité de lui dissimuler quoi que ce soit. En s'asseyant, elle ajoute :

- *Veux-tu qu'on parle enfin de ce qui te tracasse ?*
- *Je ne sais pas Whoopi...*
- *Je ne te jugerai pas,* me dit-elle d'une voix conciliante...
- *Oui je sais. Mais il y a des choses qui n'ont plus de sens, une fois sorties de leur contexte.*
- *Quel genre de chose ?*
- *L'Amour par exemple !*
- *Oui... Quel vaste domaine que l'amour,* renchérit-elle.
- *Mouais en même temps, cela ne nous apportera rien d'en parler...*
- *Tu sais Stan, une fois le lieu enlevé, il ne restera plus rien de notre rencontre. Imagine que je suis la personne à qui tu n'arrives pas à dire tes sentiments, un peu comme je l'ai fait dans Ghost...*

Le silence s'installe. Je ne sais pas quoi dire... Après tout elle a raison : le maître du jeu, c'est moi ; j'ai bien inventé le décor... Je suis donc libre de décider d'en changer l'héroïne, puisque la fine mouche m'y incite avec tant de conviction !

> - *Si le « décor » était différent, ce rêve serait-il le même ?* me risquai-je à dire.
> - *Cela dépend de ce que tu en attends !*

Une fois de plus elle a raison, et c'est agaçant de voir qu'elle a réponse à tout. C'est vrai après tout, qu'est-ce que j'attends de cette chimère ?! Des réponses à mes questions ? De nouvelles interrogations ? Faire le deuil d'une relation qui n'a que trop duré ? Et encore que « relation » soit un vaste mot pour décrire ce que j'ai vécu... Y a-t-il une fin à l'amour que l'on porte à une personne ? Cette pensée me surprend, moi qui rêve d'un « toujours ».

> - *Je ne sais pas ce que j'attends... Je laisse faire la vie. Elle me ballotte au gré de sa fantaisie, ou de mon destin, et je ne réagis pas... J'ai peur de le faire, car chaque fois que je veux m'imposer, je passe pour un monstre !*
> - *Tu es bien pessimiste Stan...*

Il faut que je détourne la conversation, et rapidement. Sinon, nous allons basculer dans le mélodrame psychopathétique et névrotique d'un pauvre type amoureux, embourbé dans une histoire impossible et compliquée, qui court maladroitement après une ombre qui le fuit.

- *Tiens, nous sommes arrivés Whoopi ! Tu as vu tout ce monde !*

Elle détourne le regard, embrassant l'étendue de la foule devant nous. Le parvis des Droits de l'Homme et les berges qui longent la tour Eiffel, les jardins... Tout est noir de monde, à croire que le Tout-Paris s'y est donné rendez-vous.

- *Regarde Whoopi, ils sont là pour toi lol*
- *J'espère que non,* dit-elle dans un éclat de rire... *C'est beau, un Paris plein de rêveurs qui croient encore en la magie du Jour de l'An...*
- *Ne t'y méprends pas Whoopi ! Le Jour de l'An, ils s'en foutent, c'est un prétexte pour boire et faire la fête.*
- *Sans doute, mais c'est quand même magique ! Nombreux sont ceux qui désirent ardemment « trucider » les problèmes qu'ils ont amassés durant l'année. Mais toi, Stan, quel sens donnes-tu à ce jour ?*
- *Un nouveau départ !*
- *Alors mon Stan, je te souhaite de t'accorder cette chance et d'avancer.*

Je l'invite, dès sa phrase terminée, à prendre l'air sur le pont supérieur de la péniche. Elle enfile une écharpe et son épais manteau, et nous sortons dans la froideur de la nuit. Elle est belle à couper le souffle... En cet instant, c'est sans nul doute la plus belle femme qu'il m'ait été donné de regarder. Les quais noirs de monde sont baignés de brume sous la lumière des réverbères, et cette ambiance douce et feutrée rend la ville envoûtante. La Tour Eiffel s'est parée pour l'occasion de sa plus belle toilette. D'ici quelques minutes, dans le ciel où l'on devine à travers la brume quelque fantôme d'étoile vacillante, éclateront les mille feux d'un brasier resplendissant auxquels répondra la clameur de la foule.

- *As-tu déjà vu un feu d'artifice tiré depuis la tour Eiffel ?* me murmure-t-elle
- *Non, jamais. Ce sera une grande première ! Et dire que j'ai toujours vécu à Paris...*
- *Pour moi aussi ! ! Je n'ai vu que celui de New York. Donc, il nous faut faire un vœu...*
- *Il doit être magnifique celui de New York !*
- *Ce n'est qu'un feu d'artifice, Stan... Ce n'est que la circonstance qui le rend inoubliable ou magnifique ! Ne l'oublie pas !*
- *Ça fait deux fois que tu me dis ça Whoopi !*
- *Oui je sais !* m'avoue-t-elle.
- *Pourquoi ? Quel en est le sens ?*
- *C'est simple Stan, j'ai l'impression que tu accordes trop d'importance aux détails secondaires. Tu veux trop bien faire. La péniche, le lieu, la circonstance !! Mais tu le sais autant que moi, tout ici n'est qu'illusion, accessoire !*
- *Tu as raison, mais en même temps, ce repas dans ce contexte, c'est mon idéal...*
- *Oui. Mais ton idéal ce n'est pas moi, c'est cette autre personne dont tu ne veux pas parler ! Pourquoi*
  n'essaies-tu pas de te libérer l'esprit de tout ceci en l'appelant là, tout de suite ?

Coup franc ! Elle marque un point de plus, et je n'ose lui dire à voix haute, lui avouer qu'elle a raison...

- *Oui* ajoutai-je, à demi-mot et d'une voix blanche, le regard lointain...

- *Allons, Stan, ne le prends pas comme ça, tu prends les choses trop à cœur ! Je suis sûre que ce rêve se réalisera bien un jour !*
- *Tu es trop optimiste Whoopi... Cette personne et moi vivons dans deux mondes trop différents...*
- *Il n'y a que les montagnes qui ne se rencontrent pas !*
- *Alors, considère que c'est notre cas.*
- *Lui as-tu parlé de ce que tu ressentais ?!*
- *Non ! Enfin, si, mais à demi mots...*
- *Le sait-elle ?*
- *Elle en a pris conscience un jour...*
- *Et ?*
- *... et elle a pris peur ! Depuis, nous ne nous parlons presque plus...*
- *Quel dommage !*
- *Je sais...* dis-je résigné.
- *Et tu ne vas rien faire pour arranger les choses ?!*
- *Que puis-je y faire ?!*
- *Lui parler !*
- *Tu es drôle... Je n'y arriverai jamais...*
- *On n'a qu'une seule vie Stan, ne laisse pas passer cette chance !*
- *Ouais, j'y réfléchirai... Mais bon... La dernière fois que j'ai essayé de lui parler, je me suis ridiculisé. Je n'ai pas pu aligner deux mots l'un derrière l'autre... Tiens ! les lampadaires viennent de s'éteindre, ça va commencer ! Ouf ! Sauvé par le gong !*

A peine ma phrase terminée, le ciel s'embrase d'illuminations ; la tour Eiffel semble exploser, des fusées jaillissent de toutes parts, incendiant l'espace et le ciel. Dans les yeux de Whoopi se reflètent des myriades de

« *poussières d'étoiles* ». C'est de la pure magie, je voudrais que ces minutes ne cessent jamais...

Il est déjà minuit ! L'année passée vient pour moi de s'achever dans la mélancolie, alors que la nouvelle illumine déjà le ciel des milliers d'espoirs qui font couler des flots de champagne sur le gazon du Champ-de-Mars. Je regarde Whoopi. Un large sourire illumine son visage, resplendissant de bonheur. L'espace d'une seconde, j'ai l'impression de te voir, d'être avec toi... Si ça se trouve, tu es à quelques mètres de moi...

Une chose absurde me traverse alors l'esprit : et si j'avais le pouvoir d'être différent ? Si ma vie n'était plus ce « panier de crabes » qui m'a conduit à ne plus croire en l'amour ? Si je ne ressentais plus ce vide qui me serre le cœur et me noue l'estomac... Est-ce que je courrais vers toi ? Serais-je encore victime de cette supercherie qui me pousse à espérer que quelqu'un m'attend, avec la même impatience et le même désarroi que moi, quelque part ? Ce n'est vrai que pour les gogos comme moi, qui vivent encore dans le rêve et dans l'attente d'une belle histoire d'amour, d'une romance vénitienne... J'ai le sentiment d'être mort à l'intérieur... Hormis mes souvenirs obsédants, plus rien ne palpite en moi. Plus rien ! Pas même l'espoir stupide de revoir un jour ce visage souriant, qui m'envoûta dès le premier regard, qui me disait tout simplement : « *Bonjour, tu vas bien ?*". Paris, à l'aube de cette nouvelle année, s'enfonce soudain dans le lointain, rendant mon sentiment de solitude de plus en plus insupportable. J'entends les rires, les sonneries de portables, les cris de joies des passants, pourtant j'en étais presque à oublier la délicieuse compagnie de Whoopi, à me laisser glisser dans une angoisse presque panique...

- *Bonne année Whoopi,* dis-je dans un sursaut.

- *À toi aussi Stan, j'espère que...*
- *Ne dis rien je t'en supplie... Cette année ne m'apportera rien de plus que l'année écoulée, je serais bien naïf d'y croire encore !*
- *Moi j'y crois ! D'ailleurs, tu n'as pas fais ton vœu...*
- *Lol et pourquoi ça ?!*
- *Parce que je porte chance, pardi !*
- *Dans ce cas...*

Je passe rapidement en revue ce qui me ferait le plus plaisir... C'est désolant, tant de rêves et si peu d'espérance pour un pauvre type de 19 ans... Surtout quand il ressasse inévitablement les mêmes images enchanteresses. Dans un sursaut, je décide presque malgré moi qu'il est temps d'y faire face : affronter mon passé et les souffrances présentes, prendre ma vie à bras le corps, bâtir mon avenir. Sur l'instant pourtant, je hais cette perspective. Le destin n'est-il pas écrit d'avance, peut-on changer le cours des choses ? Qu'en est-il de ce concept du libre arbitre qui voudrait que chacun de nous construise sa propre vie ? Avons-nous réellement le choix de nos actes ? La prédestination, bien sûr... Mais alors, il nous faudrait vivre comme de pauvres marionnettes sans âmes, victimes du Grand Manipulateur qui se sert d'invisibles ficelles ? Cette idée me fait tout à coup horreur. Penser que les choses échappent à notre volonté, c'est s'avouer vaincu sans même avoir pris la peine de combattre. Là, tout de suite s'offre à moi le choix de faire ce vœu ou de tourner le dos à mon rêve le plus précieux...

La brise caresse mon visage, et cet instant me paraît être une éternité. Absorbé, plongé dans mes pensées, je prononce l'incantation magique : *« Je souhaite... »* Un sourire s'ébauche sur mon visage, suivi d'une larme qui vient sceller à jamais cette phrase inachevée, cet affreux désir d'oubli que je n'arrive même pas à murmurer dans le vent froid... Qu'y puis-je d'être si sensible ? On ne se refait pas... Il m'est tellement dur d'abandonner mes rêves. Mais il me faudra bien, un jour, décider de devenir adulte... Alors, pourquoi ne pas décider là, tout de suite, d'abandonner mes illusions et mes peurs ?

C'est sa main caressant mon visage qui me réveille.

- *Allons ne pleure pas, je suis sûre que ton souhait se réalisera...*
- *Si tu le dis, alors je veux bien y croire.*
- *Je dois partir Stan, il se fait tard. Mais tu le sais, c'est avec regret que je le fais...*
- *Oui je sais, toutes les bonnes choses ont une fin... J'ai déjà tellement abusé de ta merveilleuse gentillesse...*
- *Essaie au moins de conserver en mémoire ces instants de douceur, et chasse de ta vie cette mélancolie... Je serai toujours là pour toi, il te suffira de penser à moi pour me faire venir à toi. D'accord ? Promets-le-moi...*

Calmement comme un somnambule, je quitte ma place. Je la prends par la main... Contre toute attente, elle me propose une dernière danse, que je suis heureux de lui accorder. La brume nous enveloppe, tout comme les paroles *(mi-Japonaises mi-anglaises)* de cette chanteuse japonaise, que je ne connaissais pas. Whoopi me glisse à l'oreille qu'il s'agit de « ***First Love*** ». Les mots me font presque perdre conscience, et l'espace d'un instant c'est avec toi que je danse. Je nous revois... Ton souvenir est encore tellement présent, nos rires... Tout se télescope dans ma tête... Et ces mots étrangers, cette musique lancinante finissent par m'apporter la paix que j'ai tant recherchée dans la fuite.

Tandis que mon esprit plus serein savoure encore ce doux instant, je reconduis Whoopi jusqu'à la voiture qui l'attend sur le quai. L'ensorceleuse a réussi à faire en sorte que se réalise mon souhait, pour me prouver qu'à présent tout dépend de moi. Les adieux m'ont toujours fait horreur, ils ont ponctué ma vie de manière si souvent douloureuse ! J'agite le bras pour lui dire adieu, et je la regarde qui s'en va ; les yeux pleins de larmes, j'esquisse un sourire malheureux. Elle fait sans doute de même, depuis le siège arrière de sa berline aux vitres teintées, avant de lancer au chauffeur la phrase fatale qui m'arrachera à mon rêve en même temps qu'à notre tête-à-tête d'une nuit : *« Allons-y ! »* La voiture noire démarre à faible allure ; en quelques secondes, elle est hors de ma vue. Rentre maintenant ! Tu n'as plus rien à faire ici, me dis-je en moi-même.

À peine arrivé là où, il y a quelques heures encore nous dînions, je me dirige vers le piano, je m'y assieds. La péniche rebrousse chemin vers Notre-Dame. Elle se balance au gré des flots d'une Seine à présent noire comme de l'encre de Chine. Les notes s'échappent du grand coffre verni, les notes magiques d'un compositeur de génie du XXème siècle. J'ai la gorge sèche, aucune envie de chanter... Mais les paroles se fraient leur passage d'elles-mêmes, pour accompagner cette mélodie qui monte vers le ciel et se perd dans la noirceur et la froideur de l'hiver.

> *« Y'a comme un goût amer en nous,*
> *Comme un goût de poussière dans tout... »*

Le froid de janvier me brûle le visage... Je suis vivant, je suis libre... Je ferme les yeux et, tandis que les notes s'égrènent, mon monologue s'interrompt... Au *« Kilomètre 0 »*, j'ai fait ce souhait de refaire ma vie, de laisser derrière moi le passé obsédant. J'ai fait le choix d'y laisser ton visage et tout ce qui fit les plus beaux jours de ma vie, parmi les vestiges du passé comme on déposerait dans une tombe un masque funéraire. Qui sait, peut être qu'un archéologue chanceux s'en émerveillera dans mille ans ! Mes yeux sont de plomb, la mélodie m'hypnotise... Je n'en peux plus de lutter, je me laisse aller, je m'abandonne à Morphée. Une dernière fois, je murmure en frissonnant *« Prends-moi dans tes bras, car je ne crains plus la nuit... »* avant de sombrer dans un sommeil sans rêve...

Le décor commence à s'estomper, comme dans ces merveilleux songes qui nous fuient à peine éveillés alors qu'ils semblaient si réels la seconde précédente. Lentement tout s'anamorphose, se dissout... Tout sauf moi qui reste là, encore prisonnier de ce rêve... Je sens le regard et le sourire de Whoopi sur moi. Sa douce et bienveillante présence me réconforte... Mais il ne peut s'agir d'elle, et pour cause : je viens de la raccompagner. Elle doit être loin à présent. Le silence s'impose à moi, comme s'impose la vérité au grand jour : on ne peut échapper ni à sa vie, ni à son destin. Tôt ou tard, il faut se défaire de ses mensonges pour se conquérir soi-même...

C'est l'horloge du XIXème au salon qui me réveillera en sonnant deux heures du matin. Une forte odeur de brûlé m'irrite les narines, mais je ne sais plus si je suis ou non dans le monde réel. Pourtant... Très vite, cette odeur m'incommode : *« Stan réveille toi !!! Le dîner crame !!! »*

Ce soir-là, je n'ai mangé que la bûche au chocolat. Ce n'est pas grave, de toute manière je me l'étais réservée pour moi tout seul. Finalement, ce n'était pas à proprement parler une mauvaise soirée... Après tout, ma seule compagnie me suffit. Et si les autres n'ont pas voulu de la mienne, je n'en suis pas mort. Sur la table, une rose blanche finit de se faner ; aujourd'hui encore, je me demande d'où elle pouvait bien venir. J'ai encore pensé à toi ce soir. Je me suis demandé ce que tu faisais, mais j'ai préféré ne pas t'appeler. Je ne voulais pas te déranger. Dieu seul sait où tu étais... Sans doute avec tes amis ou à une soirée de gala pour assurer la promotion de ton travail ? Quoi de plus normal durant cette période de fêtes de fin d'année que de les passer avec ses amis ? J'essaie de ne plus penser à toi depuis le mois de juillet, mais c'est très dur : dès que je ferme les yeux, je revois ton sourire, j'entends ton rire quand tu murmurais au creux de mon oreille *« Arrête de me regarder comme ça... »*.

Dans la pénombre de l'aube de ce premier janvier 2004, j'ai franchi le *« Kilomètre 0»* comme nous nous étions promis de le faire ensemble, un jour. Mais que voulait dire ensemble pour deux égoïstes dont les études et la perspective d'une carrière passaient avant tout ? Quel vœu ai-je donc fait ce soir-là ? Quelle direction ai-je prise ? J'espère qu'un jour, ces questions sans réponse trouveront un écho. Ce qui est sûr, c'est que je n'étais pas seul à vouloir franchir cette ligne mythique, à vouloir donner un nouveau sens à ma vie. J'apprécie ces croyances populaires sans doute dérisoires et inutiles qui nous incitent à lutter, à raviver la flamme de l'espoir que demain... peut être puisse être différent grâce au *« Kilomètre 0 »*.

Une nouvelle chanson est sortie à la radio ; je me dis que je ferais bien de suivre le conseil qu'elle donne : laisser faire la vie, ou attendre un jour de pluie pour qu'enfin se présente à moi une belle histoire. Croiser une personne qu'un heureux hasard aura bien voulu mettre sur ma route, et qui me dira : *« Je t'attends depuis si longtemps... Je suis là pour toi... »*. Après tout, j'étais bien le premier à dire qu'il faut croire en l'impossible, et rejeter le scepticisme qui nous paralyse. Tout arrive, un jour ou l'autre. Il faut juste attendre son heure, voilà tout. Mais vois-tu, il y a toi... et, de peur d'être jugé, toutes les pensées inavouables qui se cachent derrière mes silences. Il m'arrive encore de te croiser au hasard d'un couloir et nos réactions m'amusent : nous nous cherchons du regard pour aussitôt détourner la tête quand, par inadvertance, ils se croisent. Vois-tu, je ne garde de toi que cette blessure de moi. Un peu comme une éclaboussure de tout ce que nous aurions pu vivre, mais qui ne sera, hélas, probablement jamais... Une musique envahit ma tête troublée : je me souviens de te l'avoir fait écouter un jour, ce fameux jour où nos chemins ont commencé à se séparer.

J'ai laissé le marque-page sur un pan de ma vie. J'ai vainement tenté d'écrire un chapitre *« toi »*, mais les mots me manquent et leur sens m'échappe encore aujourd'hui. Alors, pour me rapprocher de ton visage, de ton sourire, ton attitude, de tout ce qui fait toi, nous... je replonge dans mes émotions... Tu revis dans mes rêves, et nous sommes à nouveau réunis. Je t'entends rire, ma vie reprend des couleurs. Je suis heureux, je souris... Mais les rêves ne sont que les rêves, il me faut enfin réagir : les miens ont-ils un avenir ou ne seront-ils toujours que pur fantasme ?

C'est décidé !

Demain j'irai te parler, et ce qui doit arriver arrivera ! Si tu savais... Je suis prêt à tout donner pour revenir en arrière, à cet instant où tout a basculé, quand nous nous sommes déchirés. Je te vois là, parmi tant d'inconnus. Tu me sembles si bien à ton aise que ça pourrait suffire à mon bonheur, mais c'est de mon malheur qu'il est question. Ce n'est plus moi qui te fais rire, mais eux. Je suis jaloux de cette complicité que tu as avec des étrangers. Je hais leurs regards qui se posent sur toi, comme autant de lames qui me transpercent. Tu sais, je déteste ce sentiment qui m'envahit parfois, mêlé de rancune, de jalousie, de possessivité...

Il est 13 heures 30 à la grande horloge et nous sommes vendredi. Il fait beau, le soleil est de la partie. Le froid de décembre n'est plus qu'un vague souvenir. À vrai dire nous sommes même en février, me semble-t-il. Tu es là quelque part, mais je ne te vois pas. Caché derrière un arbre pour écrire ces quelques lignes maladroites, pour raconter ce voyage intérieur, je suis assis par terre en bras de chemise et autour de moi des enfants jouent à la balançoire et au ballon. Ils rient avec leurs parents, leurs amis.

Je te vois soudain descendre la contre-allée... Comme autrefois, nous sommes habillés de manière négligée, sans tenir compte du temps qu'il fait... Quelqu'un t'accompagne ! Ton regard a furtivement croisé le mien. Je t'ai vu murmurer quelque chose à son oreille, car ses yeux soupçonneux m'ont dévisagé, m'obligeant à baisser les miens. Tu t'approches de moi... Rien ne se passe comme je l'avais espéré. Je cherche en moi assez de force et de courage pour aller vers toi, te parler... Mais en dépit de tout ce que je vais peut-être te dire, sache, et j'en suis désolé, que jamais les mots ne pourront t'avouer à quel point je t'aime...

Comment simplement te faire part de ce que les yeux ne peuvent pas voir ? Ma voix se tait et mes mains tremblent sur cette feuille que je serre entre mes doigts. Le stress, l'émotion sans doute de ne pas pouvoir maîtriser la situation. Et puis, je n'avais pas prévu que ça se passerait comme cela ! Je n'ai même pas fini cette lettre que j'étais en train de t'écrire pour une fois de plus éviter d'avoir à te parler... Décidément, lâche je suis et je préfère me réfugier encore, derrière des mots soigneusement pensés. Mais il faut un début à tout, je suppose, autant pour toi que pour moi, et nous voilà donc devant notre destin...

Paris, par une journée de février

Je ne sais pas commencer les histoires, car j'ai toujours peur qu'elles finissent mal... J'ai tellement pris de baffes qu'aujourd'hui, je préfère les donner pour ponctuer les phrases que j'échange et éviter de souffrir à nouveau... Mais tant pis : j'ai décidé qu'il fallait changer certaines choses, sans encore savoir comment le faire. Et puis, chaque rencontre est unique, on ne sait jamais vraiment où elle nous mènera... Et j'ai envie d'y croire encore !

Au hasard des mots, on rencontre parfois des gens, des sourires et des rires qui nous entraînent sur des chemins que l'on ne pensait pas ou plus suivre... Tu sais, ces petits sentiers de randonnée au gré d'une belle musique douce et calme ? Une petite musique terrestre, un peu comme un prélude de Bach au piano, un soir de clair de lune... T'ai-je dit combien, en dépit des apparences et de l'image que je donne, j'étais triste et solitaire avant toi ? Sourires dehors, pluie dedans... Au final, comme tu l'as écrit il y a quelques années, tout se retrouve sur les joues. T'ai-je déjà parlé de mes moments de frustrations, la nuit venue, quand je cherche du bout des doigts l'ombre que j'ai aimée jadis, qui a disparu sans laisser d'adresse... T'ai-je parlé de cette ombre, qui a semé en moi, tellement d'incompréhension que depuis si longtemps, je ne sais plus qui je suis ? As-tu deviné combien j'étais craintif et combien je ne voulais plus souffrir de promesses illusoires ? Et pourtant, en t'écrivant tout ceci aujourd'hui, je m'accorde une chance d'y croire à nouveau : j'essaie de mettre de côté mon passé, qui ne se raconte que trop bien à travers la souffrance...

De ces instants vécus à tes côtés, je ne garde que des

bribes de souvenirs que je tente à présent d'assembler. Une blessure intime et secrète dont j'ai peine à croire aujourd'hui qu'elle puisse se refermer... Je m'accroche à ce mince espoir de retour, occultant toute autre éventualité ou réalité, peu importe, et je crois bien que c'est grâce à cela que je parviens encore à avancer. Et si l'amour pouvait venir à bout de la distance, de nos blessures et du temps ? Crois-tu qu'il soit possible, un jour, dans cette vie, d'appuyer sur un bouton et de tout recommencer ? Un peu comme une seconde chance que tout ce que nous avons raté soit réparé ?

En mon for intérieur, je sais avec certitude que quelqu'un, quelque part, m'attend ! Je me suis promis de ne pas traverser seul les longues années à venir ! J'avais espéré, naïvement sans doute me diras-tu en lisant cette lettre, que ce serait avec toi... Dans le passé, j'ai appris la douleur d'aimer ; et en dépit du vide dont je suis envahi, je ferai tout mon possible pour que cesse enfin cette spirale de l'échec, pour ne plus avoir à vivre d'autres souffrances inutiles... Voilà pourquoi je ne t'épargnerai pas ! Chacun des mots que tu prononceras deviendra une arme qui m'aidera à te percer à jour, à deviner tes intentions... Le moment venu, je n'hésiterai pas à retourner contre toi ces armes, et chacune de tes attitudes, même les plus sincères, resteront suspectes à mes yeux !

Voilà quelque temps déjà que toi et moi sommes amis... Tu m'as l'air, malgré ta notoriété croissante, d'être assez excentrique. Parfois tu me fais rire, même si souvent tu m'inquiètes... Des projets plein la tête, mais es-tu sûr d'avoir la tête sur les épaules ? Tu poursuis un idéal : vouloir-vivre sans attaches, mais pourtant tu te lies très rapidement... D'ailleurs, quand on te demande de définir ton caractère, tu le dis un peu rêveur, idéaliste... Je me souviens, un jour où nous étions au téléphone, tu cherchais ta carte bleue... Moment mémorable, car je crois bien que de toutes les personnes que je connaisse, tu es la seule à ranger ta carte dans le congélateur... Certes, tu t'es bien gardé de me donner les raisons de ce comportement, mais j'imagine que si tu retrouves ta carte à cet endroit insolite, qu'est-ce qu'il doit advenir du reste de tes affaires !!! Mais qu'importe ce côté rêveur ou que tu sois si perfectionniste, car après tout l'essentiel est que tu restes toi... Finalement, la seule chose que je connaisse de toi avec certitude, c'est ton prénom...

En ce qui te concerne je ne sais pas grand-chose, hormis ton rapport ambigu avec la bouffe, et que tu as vécu il y a quelques mois une tragédie. C'est à cause de cela que nous nous sommes rencontrés... Très vite, tu m'as dit que les mots tenaient une place importante dans ta vie. Je n'avais jamais saisi le sens de cette phrase. Je ne savais même pas qui tu étais à ce moment-là... Alors tant bien que mal, sans doute attendri par ton personnage assez déroutant au premier abord, j'ai décidé de t'accorder un peu de mon temps. Premier rendez-vous à la terrasse d'un café à peine chauffée et très mal accueillis, nous avons appris à faire connaissance. Je revois tes sourires, j'entends encore nos éclats de rire et, par moments, des bribes de nos discussions qui n'en finissaient pas... Très vite, il y a eu un deuxième rendez-vous... Première nuit presque blanche jusqu'à 3 heures du matin, un soir de reprise à parler de tout, de rien... À déambuler, ici même où je t'écris cette lettre... Et dire que le lendemain je commençais les cours à 8 heures... Tu n'en as jamais rien su...

Ce soir-là tu m'as avoué à demi-mot qui tu étais

vraiment... Au-delà de l'armure et de ce regard fuyant. Étrange, comme on retient si bien les similitudes ! Tu m'as demandé si j'étais surpris... J'ai répondu posément « Pas le moins du monde...". En fait, tu savais bien que nous sommes un peu pareils... Je ne sais quelle direction donner à nos rencontres. J'ai peur de te faire souffrir que tu attendes de moi ce que je suis incapable de te donner. J'ai peur que nous nous attachions et qu'au final, nous soyons deux à souffrir... Et pourtant, sais-tu à quel point je me sens bien à tes côtés ? Sais-tu combien je ne veux pas te perdre ?

Crois-tu que je m'interdise de vivre le moment présent ? Le bonheur tout simplement ? Pourquoi je pense à toi quand je me balade, ou quand je suis censé travailler ? Est-ce le désir d'enfant qui nous rapproche autant, ou un passé sentimental vécu au même moment ? Crois-tu qu'il soit possible d'aimer à nouveau, quand on a idéalisé son passé ? L'as-tu appris, toi qui as presque dix ans de plus que moi ? J'ai si peur d'aimer, si peur que tu m'approches... M'accorderas-tu du temps ? Chercheras-tu à m'apprivoiser ? M'aideras-tu à me reconstruire même si ce n'est pas ton rôle ? Je me sens tellement frustré que tu sois seul à détenir les réponses à ces questions.

*

* *

Au moment même où Stan rédige sa lettre, à quelques rues de là une main malhabile griffonne sur un papier ces quelques mots... Le destinataire de cette lettre n'est autre que Stan...

Paix et Harmonie,

Douceur et Félicité

Quand, au doux son de

Ta voix mon cœur s'emballe...

Il se dessine à mon regard

Une trêve à la réalité pour

Qu'Ici et Maintenant

Fasse que demain soit une trêve...

Doucereux, insaisissable,

Est ce rêve tranquille nommé : la Vie.

Serein est mon visage

Car à présent, il sait :

Que dans chaque note de musique,

À toi je songe.

Toi, ombre à ce jour sans consistance,

Aux contours calligraphiés,

Dont au final je ne sais rien
Ou si peu de choses...
Qu'il est bon de briser ses chaînes,
De faire s'évanouir la souffrance qui nous consume...

Entends-tu l'espoir
Qui naît chaque matin de te voir ?
Ressens-tu la brise
Qui caresse ton visage ?

Sais-tu combien je les envie
De pouvoir vivre l'impossible :
Le jour accompagne ton réveil,
La brise t'enveloppe avec tendresse.

Sauras-tu aimer à nouveau,
Sans crainte et sans peur ?
M'accorderas-tu ta confiance
Quand, acquis, te sera mon cœur ?

Ou bien fuiras-tu toi aussi

Loin, de peur de souffrir

De ces attaches ou de mes caprices ?

Sauras-tu être cette oreille attentive ?

Être ces bras qui me manquent tant ?

Serons-nous assez forts pour effacer de nos mémoires

Les doutes et les peurs qui nous assaillent,

Pour ne garder de nous que l'essence ?

Je comprendrai que tu ne sois pas prêt, que tu doutes,

Car ces peurs sont aussi en moi.

Mais si tu penses qu'une main à toi tendue

Puisse être la mienne pour avancer ensemble sur le chemin,

Alors, ne cherche pas si loin !

Elle t'est déjà acquise,

Et t'attend pour ce voyage qui nous pousse...

Devant Soi...

Stan,

Se sentir exister a ses charmes. Vision merveilleuse que celle de ton visage souriant, qui me réveillerait tendrement chaque matin. J'ai peur de cet état de grâce qui nous met sur orbite, sans nous préparer à l'éventuelle chute. Mais voilà, comment te dire que j'aime tes mots, ton attitude déroutante... Et ton regard attentif... Il faut apprendre à toujours résumer sa pensée et aller à l'essentiel. Alors en un mot, j'aime ce magnétisme qui se dégage de toi et qui tantôt m'attire, et tantôt me repousse...

J'ai peur de tes mots et de tes silences, en fait j'ai tout simplement peur de passer à côté de toi... De ne pas savoir écrire l'histoire ou de la faire avorter avant même qu'elle n'existe... La peur nous fait tellement perdre nos moyens... Je sens mes sens se réveiller, comme endoloris par le temps. Je m'emballe sans doute trop vite, ou trop tout court. Mais tant pis, je connais le prix de l'illusion, la morsure de l'échec et de l'abandon pour ne les avoir que trop souvent payés au prix fort. Je connais la valeur de la vie qui peut basculer en moins d'une seconde, nous laissant là au bord de la route à regarder les gens passer... Je saurai, je l'espère, m'en remettre si cette histoire ne devait rester qu'amicale. Car au plus profond de mon cœur, je sais déjà qu'elle aura compté plus que toutes les autres.

Le temps pour moi est flexible : un bon souvenir dure un instant, alors que la douleur fait partie de moi depuis toujours. Je vis dans le passé, je l'admets... Mais toi et moi, que savons-nous de la souffrance ? Voilà des mois que nous sourions poliment à des inconnus, espérant susciter chez l'un d'entre eux un minimum d'intérêt, un regard appuyé... Cela t'est-il égal à toi, que l'autre te quitte après t'avoir vidé de ta substance ? Pourquoi avoir aussi peur de blesser l'autre, alors que c'est nous qui souffrons ?

Depuis que je te connais, je doute de mes récents choix... Partir, tout quitter, ou rester et donner une chance à ce début d'histoire ? Je n'ai jamais été autant déchiré entre l'envie de fuir cette région qui est pour moi source de souffrances et de souvenirs plus noirs les uns que les autres — même si elle a fait de moi l'une des personnes les plus en vogue du moment, encensée par une certaine critique littéraire favorable à mon travail — ou rester près de toi que je ne connais pas ou si peu, et dont je me sens si proche...

La solitude et un profond désarroi ont eu raison de mes maigres forces... Sur un coup de tête, j'ai décidé il y a quelques semaines de prendre le train pour la frontière espagnole, un doux matin du 5 janvier... Comme à mon habitude, je ne pouvais rien faire sans gaffer. Réveil rapide, douche trop longue et au final, un train qui part à l'heure... Alors que calmement je savourais un beignet au chocolat, pensant « A quoi bon stresser, un train à l'heure cela ne s'est jamais vu en France »... Finalement je l'ai raté, comme tu peux t'en douter... Une journée qui commence comme je les aime. Je ferme les yeux et me souviens de tes conseils : fixer son attention sur une image positive et afficher un large sourire en se disant « En effet il y a pire ! Attendons le prochain train »... Voilà à quoi j'ai occupé les douze derniers mois de ma vie : cultiver une pensée positive au cœur de la malchance qui semble me poursuivre...

*J'aurais tant voulu partager ce voyage avec toi... Te faire découvrir, avant les personnes qui comptent dans ma vie, cet endroit où je compte me réfugier. Ce lieu de retraite, comme je me plais déjà à l'appeler en pensée... Pourquoi toi ? Pourquoi pas ! Mais il va bien falloir que j'arrête un jour de m'emballer, de considérer que parce que l'on me témoigne une once d'intérêt pour autre chose que mon travail, que tout est déjà gagné... Mais enfin ! Si tu savais comme « ta présence » me permet d'avancer... Vois-tu, je me garderai bien de te révéler ce secret de peur que tu n'en interprètes mal le sens... Qu'importe comment finiront nos échanges, grâce à toi j'ai repris goût en cette formidable aventure qu'on appelle : **La Vie**...*

J'ai passé cette journée à la rencontre de mon futur nouveau « chez moi », coincé entre la montagne et la mer qui me rappellent tant ma jeunesse, sur les rives de la Vltava. J'ai retrouvé mes souvenirs, dans l'odeur du sable et dans la caresse du vent sur mon visage... Tout était là comme au temps de mon enfance, sauf que je n'ai jamais connu la mer : je la découvre là, dans sa puissance et sa majesté. Mes yeux s'émerveillent de ses reflets, de ses milles teintes comme autant de joyaux... Je suis là, défiant les vagues de cette plage juste au pied de mon futur appartement, et versant quelques larmes de bonheur ! Mais, de tout ça également, tu ne sauras jamais rien... J'ai une fâcheuse tendance à tout garder enfoui au fond de moi. Je déteste la faiblesse, je hais l'échec... Et me savoir aussi faible qu'une guimauve m'exaspère... Mais que sais-tu de moi finalement ? Mis à part quelques photos, un sourire, un regard, au fond on ne se connaît pas, et ce mystère aiguise toute ton attention... Je guette le ciel à la recherche d'un avion, car j'ai encore cette naïveté d'enfant qui veut que, lorsqu'on voit une traînée de fumée blanche dans le ciel, on se dise en fonction des traces qui s'effilochent qu'une personne pense à nous... Ce jour-là j'en ai croisé deux... Mais ça ne compte pas, car c'est moi qui pensais à toi, me demandant « Où est-il ? Que fait-il ? » J'ai toujours eu ce sentiment qu'au moment de prendre ma décision, je serais envahi par le doute. Devrais-je partir ou rester ? Aujourd'hui je n'ai pas d'attaches, plus de passé bien que mes valises en aient gardé quelques séquelles. J'ai bon espoir qu'avec le temps, j'arriverai à m'en débarrasser.

Que te dire de ce lieu qui va bientôt, je l'espère, devenir mon chez-moi, notre chez nous si tu le désires, car j'ai cru deviner que cette idée te plaisait... Il y a la mer à perte de vue, un peu comme ces plages que l'on nous montre à la télé... Elles sont bordées de longues allées, de jardins dans lesquels je me promène déjà en pensée. Je ne peux m'empêcher de fermer les yeux quelques instants pour m'imaginer là, respirant les parfums de jasmin et de lilas, déambulant sous la pluie et m'enivrant de ces senteurs. Libre des chaînes, des contraintes, des souvenirs... Pouvoir repartir et tout recommencer ici, autrement... Les plages y sont tellement vastes qu'il faut se donner rendez-vous avec un GPS pour être sûr de se retrouver. J'ai le sentiment de faire ce qui ne me convient que trop bien, à mon habitude : disparaître et m'effacer. Me perdre au détour d'une dune, m'allonger un soir, regarder les étoiles et m'endormir en écoutant l'écume glisser jusqu'à moi... Le décor est si idyllique que l'on pourrait croire qu'il ne manquera rien à mon bonheur... Et pourtant... Personne ne sera là, le soir quand je rentrerai... Personne ne sera là pour me prendre dans ses bras et me murmurer « Ne t'inquiète pas, je suis là... »

Cela fait maintenant 28 ans que j'attends que l'on me dise ces mots, qui m'auraient tant réconforté... Il m'a semblé les entendre, mais avec le recul, j'ai acquis cette étrange certitude que comme toi, à trop vouloir idéaliser les gens et les histoires, on se persuade de les avoir entendus pour se donner des prétextes à attendre nos ex... Mais ça n'est jamais arrivé... Personne n'est revenu du passé, du temps jadis où la mémoire nous donne cette fausse image de bonheur... Finalement, l'illusion de la perfection n'existe qu'en nous-mêmes. J'ai fini par comprendre que nous cherchons encore et toujours dans l'Autre ce qui nous fait défaut, de façon à compenser les lacunes qui nous empêchent d'avancer... Mais bien sûr aucune histoire n'est parfaite, il y a toujours un « bug » caché... Ou un vice de forme... Mais il faut aller au-delà et tenter de se dépasser, de transcender les choses...

J'aime assez vivre sans attache, et j'ai peur que tu ne me détestes pour cela, croyant que je ne m'intéresse pas à toi... Je me sens déjà capable de relever des défis inconcevables, et déjà coupable au travers de mon attitude, de mes silences, de ma fougue, de t'imposer mes convictions. J'ai tellement envie d'aimer et de l'être en retour, que je me précipite... Mais il faut être deux pour aimer, faute de quoi on le fait égoïstement. Aujourd'hui personne ne partage ma vie... Les gens qui me côtoient disent de moi que je suis d'un naturel optimiste, mais soyons réaliste : il ne faut pas se voiler la face, ceux qui parlent ainsi de moi ne me connaissent pas. Ils ne savent pas que je doute sans cesse de tout... Y compris de moi-même et de mes choix... Qu'ai-je à apporter en amour, en attentions que d'autres ne peuvent pas ? J'ai été meurtri et abandonné chaque fois que j'ai aimé, comprends que je puisse avoir peur d'ouvrir mon cœur à nouveau...

J'essaie malgré mon travail d'être toujours en retrait des gens, du monde et de la foule, alors que toi tu en as besoin, comme on a besoin des rires et de la joie... Ta vie est ici, dans cette région que je fuis... Tu y as tous tes repères, tes amis, ta famille, tes souvenirs... Qui suis-je pour espérer t'arracher à tout cela ? Quelle ineptie de m'emporter de la sorte ! Mais oui ! Tu as mille fois raison quand tu dis que ce n'est qu'un caprice d'oser croire que je pourrais faire mieux que les autres... Nous imaginant déjà, nous passant une bague au doigt. Bagatelle ! À quoi bon tous ces symboles, si le cœur ne les épouse pas...

J'ai appris, sans doute avec l'âge et le recul, qu'il ne suffit pas, hélas, d'éprouver des sentiments... Au travers de mes erreurs et de mes larmes, je sais maintenant qu'il me faudra aimer bien plus et bien mieux que je ne l'ai fait autrefois... Je ne commettrai plus l'erreur insensée des promesses illusoires qui apaisent l'âme à l'instant où on les fait, mais qui vous arracheront le cœur à la fin de l'histoire. Tu sais, ces erreurs qui font que l'on cherche à posséder l'autre plutôt qu'à l'aimer vraiment... Oubliant ce qu'il est, et désirant ce que nous voudrions qu'il soit... Les mots n'ont jamais retenu personne : même s'ils sont l'essence de nos vies, c'est à peine s'ils retiennent l'attention de celui ou celle qui nous est cher...

Tu avais raison : j'ai tendance à rêver, à me bercer d'illusions et de chimères, à fuir la réalité... Et pourtant, je n'ai jamais été aussi lucide que depuis ces derniers jours... Je n'ai pas envie de te gagner comme un trophée, dans une version « speed dating » inspirée de « Qui veut gagner des millions ? »... Je ne sais pas faire ça... Convaincre que je suis la bonne, l'unique, la plus parfaite des personnes aptes à te rendre heureux... J'ai déjà tellement de mal à me convaincre de vivre des instants de bonheur...

Je ne compte plus le nombre d'erreurs auxquelles mon orgueil m'a poussé ; j'ai espéré finir mes jours avec les sept personnes qui ont partagé ma vie, j'y ai cru à chaque fois... J'ai cru aussi qu'un enfant serait le trait d'union entre nous deux. T'ai-je déjà parlé de ce songe éveillé tellement doux que je fais chaque jour ? Où je suis émerveillé en vous regardant jouer ensemble et courir sur une plage, un cerf-volant à la main ? Je me vois, moi-même adossé à un arbre, écrivant, souriant et gravant ces instants dans ma mémoire, comme on les grave sur une pellicule photographique... Ce rêve me trotte dans la tête, il est comme autant d'étoiles qui illuminent la voûte céleste de ce bonheur si simple. Vivre heureux avec, qui sait, peut-être Toi ?

Voilà ce que je peux t'offrir, et je mettrai le temps qu'il faudra pour y arriver. Au-delà des phrases et du temps, si tu penses que ce rêve, ma vision de la vie puissent être proches de la tienne, alors j'attendrai que tu guérisses des blessures du passé... Et que tu sois prêt, Stan, à accorder de nouveau ta confiance, comme je tente de t'en convaincre maladroitement à travers ces lignes... Après tout, moi j'ai déjà une vie, un travail alors que toi tu n'as rien encore de tout cela !

Sache que durant ce temps, mon cœur sera entre parenthèses, dans l'attente de cet hypothétique bonheur que je sais fragile et que tu m'auras fait vivre. Je tâcherai si possible de te le rendre embelli de quelques souvenirs impossibles à oublier, comme nos échanges ou nos vies... J'ai bien conscience du fait que les paroles s'effacent quand on tente de les écrire sur du sable, ou qu'elles s'envolent au vent quand on les prononce. C'est pourquoi j'ai pris la résolution de faire en sorte que chaque jour, de nouveaux souvenirs se gravent dans ta mémoire :

cette lettre est un engagement vis-à-vis de toi, de moi, de nous, d'eux... Un peu comme le témoin errant et éphémère de mon attachement. Je ne veux remplacer personne, je sais que le passé est indélébile et je ne souhaite pas que tu tentes de me faire oublier le mien ! Avançons simplement à deux, pour construire quelque chose de neuf. Je souhaite juste te faire apprécier le moment présent comme étant unique, ces bonheurs fragiles auxquels tu as droit, toi aussi. Peu importe si je me brûle les ailes dans notre histoire, peut-être vouée à l'échec. Car je sais que durant les quelques jours que nous aurons passés ensemble, tu auras compris le vrai sens d'aimer, et peut-être celui de la vie. Ce sens que j'ai longtemps cherché et que j'espère avoir enfin trouvé, comme une espèce d'équilibre entre vouloir et pouvoir...

Voilà pourquoi au-delà des paroles que tu as déjà dû entendre mille fois, j'ai voulu écrire, aujourd'hui, ici et maintenant le début de « notre histoire », que j'ai décidé d'appeler « Devant Soi... ». Et si tu m'y autorises, j'aimerais que cet hymne à l'espoir soit le thème du prochain livre que j'ai décidé de publier. Devant soi, c'est aussi la direction que j'aimerais tant que nous empruntions, toi et moi, et si je puis dire « nous »... Aussi longtemps que tu le voudras.

J'ai envie, peu importe si nos chemins demain doivent se séparer ou non, que nous apprenions l'un et l'autre à ne plus regarder derrière nous en nous berçant de nos peurs ou de nos doutes : mais à tourner nos regards vers l'avenir, pour nous dire que le meilleur est à venir. Peu importe ce qu'il nous en coûtera. Je sais, avec certitude, qu'à dater d'aujourd'hui tant de belles choses vont nous arriver....

Maxime Li Ham Devis

L'*Absolu*

NOUVELLE

Éditions Rhéartis

Collection l'Arrogance des Mots

Historique de ce texte

La première version de ce texte date de 1997 : au départ, c'était un travail scolaire de rédaction, suite à un fait divers. Nous devions écrire une histoire en rapport avec la discrimination et le racisme sous toutes ses formes.

Ne voulant pas tomber dans le cliché trop facile, j'ai décidé carrément de traiter un autre thème, encore sensible en 1997 — et encore plus à mon âge — dans un milieu étudiant où l'on parlait rarement de ces choses-là...

Puis ce texte est resté à l'état d'embryon entre 1997 et 1998 : cette année là, grâce à la rencontre d'un pion (Stan), il a pu être retravaillé en vue de participer à un concours organisé dans les départements 06 et 83. Le défi était de figurer parmi les 3 premiers meilleurs textes, il suffisait d'un peu de volonté et d'une bonne dose de folie. Quand j'y repense, avec le recul...

Publiée pour la première fois en 1999, c'est sans aucune prétention que je me suis attelé à l'écriture très linéaire de cette nouvelle, qui raconte tout simplement la vie d'un certain Quentin.

Aujourd'hui, presque dix ans plus tard, j'ai décidé pour compléter *« Je ne garde de toi, que cette blessure de moi... »,* de vous en offrir la genèse, le texte par lequel tout à commencé, et de le rééditer ici.

Remerciements

Il y a tant de personnes à remercier, que je ne saurai jamais par où commencer... Je vais le faire cependant, en commençant par tous mes ami(e)s qui m'ont encouragé et avec lesquels j'ai tant échangé, avec qui nous avons tellement refait le Monde... J'avais 16 ans en 1997 et à cet âge, on veut encore croire naïvement que l'on peut apporter sa pierre à quelque chose qui nous dépasse.

Remercier les plus sincères d'entre eux, car ils ont accepté *(enfin du moins ils ont toléré)* mes idées, mes concepts : c'est rare de nos jours de rencontrer cette tolérance chez les autres, et c'est ce qui m'a permis de donner naissance à ce texte.

Remercier également tous ces hypocrites qui gravitent autour de moi : sachez que si vos paroles ne sont pas sincères, elles ont au moins l'avantage de faire battre mon cœur et de vous détester...

Qui remercier encore, je pense, soudainement à vous, mes « profs », qui m'avez supporté et instruit. Vous qui m'avez ouvert sur le monde, donné une instruction, des concepts, des valeurs... Fait de moi un citoyen capable de réfléchir par lui-même et en définitive, c'était peut-être ça le plus dur...

Et puis toi Mélissa, partie trop vite. Toi qui appréciais tant la vie, je tiens à te rendre hommage à travers ce modeste essai, pour ta franchise et ton amour pour cette foutue existence... J'ai vécu au travers de tes rêves, dans l'attente de les rejoindre, sans doute cela n'arrivera jamais et au final qu'importe : car en écrivant ce livre, quelque part j'approche ce rêve. Cet essai il est pour toi, à qui rêves et espérances n'ont pas tenu leurs promesses...

Mais ce livre et aussi et surtout à vous tous, qui avez dû lire le brouillon au moins une centaine de fois avant d'arriver à « cette chose » que vous tenez entre les mains... Merci à vous Stan, Emmanuelle, Manue... Et toi Nadège, que je n'oublierai jamais...

Je voudrais conclure par d'autres remerciements concernant la republication de ce texte : aux cinq personnes qui ont contribué à son remaniement. Merci pour leur soutien dans les moments de doute, pour leur aide précieuse à chaque instant... Merci à toi Claudie, pour ton travail réalisé sur cette partie (et dans tout le livre) que les lecteurs tiennent entre les mains. Merci à Dany, Manue, Maud et Julien, dont l'écoute a rendu possible cet ouvrage !

Avant propos...

« L'Absolu, ou la recherche de l'Amour impossible... »

Cet essai n'a nullement la prétention d'être réussi... Loin de moi cette idée. Non, il ne relance en rien le sulfureux débat qui se tient à l'Assemblée Nationale *(il faut remettre le texte dans son contexte en 1997/1998, où les Parlementaires étaient divisés dans le débat sur le PACS).* Bien qu'il traite de L'Homosexualité... Tiens, voilà d'ailleurs un bien mot bien curieux pour parler d'une chose aussi simple que l'amour... Et d'étranges manières que de vouloir empêcher les gens de s'aimer... Tout d'abord j'aimerais éclaircir certains points. Contrairement à ce que pourraient penser certains, cette histoire ne me concerne ni de près ni de loin ; et même si c'était le cas, elle ne regarderait que moi. Elle ne retrace qu'une conséquence sociale, un vécu, un fait divers. Nulle romance ici : je veux simplement témoigner silencieusement. Je trouve regrettable qu'aujourd'hui encore, les préjugés aient la peau dure et continuent de rejeter des personnes que nos « chers » économistes qualifient de *« déviants de la société »*, tout en s'accordant à dire qu'ils sont par ailleurs une excellente manne financière...

L'histoire se passe dans une ville comme il s'en trouve partout dans le monde. Ça pourrait être la vôtre, ce pourrait être votre vie ou celle de l'un de vos proches... Une ville moderne en bordure de mer, berceau des civilisations... Les paysages sont réels, mais peut-être ai-je imaginé certains détails. Et pourtant, dans ce cadre paradisiaque à peine esquissé et néanmoins d'une pure beauté... Le thème essentiel développé autour de l'amour socratique est qu'il est difficile de s'accepter, d'admettre être attiré par son meilleur ou sa meilleure ami(e)... Mais finalement on s'y résigne, surtout quand la personne que l'on aime n'est plus à nos côtés... Quand il est trop tard, ou lorsqu'on arrive à passer par delà le regard des autres...

Pour ma part, je suis un peu comme Ferris, à la recherche d'un idéal, à la recherche de l'Absolu... À la recherche de la paix qui ravit tous les sens... Celle qui calme les pleurs, qui fait disparaître les craintes... Certain verront dans « *l'Absolu* », une adaptation « *gay* » de Roméo & Juliette... Ceux-là n'auront hélas rien compris, et à mon avis, ils ne comprendront jamais rien... D'autres détesteront et c'est tout à fait normal. Mais je tiens à dire à ces personnes que l'Amour n'a ni visage ni forme... Accepter la différence de chacun, c'est faire preuve de beaucoup de maturité ; accepter que l'autre puisse être différent de l'Être imaginé, c'est le degré suprême de la tolérance, la colonne vertébrale d'une société civilisée comme se plaisait à le dire Voltaire... Imaginez un monde où nous serions tous pareils, obéissant à des normes structurées, à des règles, dépouillés de toutes libertés individuelles hormis celle d'adhérer naïvement à la masse... Serait-ce pour autant « *Le Meilleur des Mondes* » ?

À Quentin…
05/02/1999

« *Qu'adviendra-t-il avec le temps…*
des amis les plus sincères ? »

C'était par un matin comme les autres, alors que le jour pointait le nez sur la ligne d'horizon bleuté, que Ferris sortit en courant d'une petite cour non loin de la mer. Sa respiration était haletante et son pas semblait lourd. L'air frais fouettait son visage plein d'allégresse... Là où le ciel était encore sombre, on pouvait voir quelques étoiles qui scintillaient encore, juste au-dessus de la mer... Sans s'attarder à les contempler, il continua son chemin en direction de la gare pour attraper le pitoyable train qui, une fois de plus, le déposerait à Lyst... C'est là-bas qu'il étudiait, dans une de ces Facs qui sont soi-disant comme le vin : plus elles prennent de l'âge et plus elles sont réputées. La sienne n'avait pas supporté les années, et se présentait comme un vestige de l'âge d'or du « tout béton ». Les murs étaient aussi sinistres que les barreaux d'une prison, les plafonds tenaient par on ne sait quel miracle. Par endroits, des fragments de la fresque ornementale se détachaient pour atterrir avec grand fracas dans la cour... Les étudiants avaient d'ailleurs commencé un jeu amusant au début du premier semestre : ils prenaient des paris pour prédire le nombre de personnes qui seraient sous le plus gros bloc qui se détacherait.

Chaque fois qu'il longeait la plage à cette heure de la journée, Ferris se trouvait confronté à un monde qu'il ne connaissait pas, dénué de vie et empli de solitude. Cette solitude qu'il connaissait si bien, celle que tout le monde subit au moins une fois dans sa vie... Lui, c'est à neuf ans qu'il l'avait rencontrée pour la première fois, à la mort de ses parents. Certains disent qu'il ne s'en est pas encore remis. Lui avoue ne plus se souvenir de cette époque... Parfois, alors qu'il approchait de la Rue Benthos, il voyait son ami Louis. Un garçon qui, aux dires des filles, était plutôt « beau gosse » ; l'un de ces mecs qu'on draguerait sans retenue... Très élancé, il avait l'allure d'un joueur de basket. Le comble, c'était cette mèche totalement ridicule rangée à l'agonie, sans doute par paresse ou par manque de temps sur ce crâne chauve... Hilarant de le voir ainsi... Il travaillait le soir dans des endroits peu recommandables pour financer ses études... Personne ne savait trop s'il se travestissait pour faire le tapin ou juste gigolo, car sa tenue vestimentaire habituelle était très différente de ses tenues de soirée... Étudiant en cinquième année de Droit le jour, il troquait la nuit son jean et son polo pour des costumes à base de latex scintillants de paillettes qui lui moulaient une silhouette athlétique... Il faut bien avouer qu'habiller ainsi, on ne passe pas facilement inaperçu... Louis, comme vous l'avez sans doute compris, faisait le tapin pour payer ses études *(il fallait être bien naïf pour croire qu'il n'était qu'un simple escort-boy...)*. Ici où les loyers frôlent souvent des prix prohibitifs, c'était un fait très répandu chez les étudiants. Triste déchéance, diront certains. Il devait sûrement trouver du plaisir dans ce travail, et sans doute le faisait-il justement par plaisir, mais Ferris s'en foutait. Puisqu'il est convenu d'affecter à chaque personne une étiquette, Louis était « du bâtiment » ou de « la jaquette », et après tout c'était sa vie... Quand les deux compères se rencontraient dans la rue ou dans la cage d'escalier de leur résidence, ils échangeaient en signe d'amitié une ou deux bises sur les joues. Dans l'imaginaire collectif, faire la bise à quelqu'un dénote une certaine proximité, et pour les amis de Ferris, cela paraissait bizarre et les dérangeait. Pour ses fréquentations, l'étiquette était importante, et on se devait de rester stoïque et à sa place en toutes circonstances, occultant toute sensibilité ou préférences sociales... Comme s'il fallait limiter les contacts et vivre à distance les uns des autres, comme dans un monde aseptisé... Mais Ferris n'avait que faire de ce que pensaient les autres : son ami pouvait bien être ce qu'il voulait, et ne pas avoir à s'en cacher... Pourquoi l'aurait-il fait d'ailleurs ? Après tout, ne sommes-nous pas libres de vivre chacun à notre gré ?

Comme toujours, le train avait du retard, ce qui l'agaçait énormément et le rendait même agressif. Sous ses airs de charmant garçon calme et « clean », Ferris n'était en fait qu'une grosse boule de nerfs. Il n'en fallait pas beaucoup pour que ses instincts primaires prennent le dessus, accentuant son côté psychotique de Français moyen, toujours à râler dès que quelque chose ne lui convient pas. Aujourd'hui, c'était le train et ses éternelles grèves pour de sempiternelles revendications. Heureusement, il lui arrivait de se contenir. Comme d'habitude : même wagon, même place, et toujours entouré de petits vieux qui se livraient à un jeu fort intéressant : ils jouaient à celui qui fera le plus chier son monde. La règle étant simple et épurée, elle consiste à ronfler le plus fort possible, quitte à s'en péter la cloison nasale... Ces empêcheurs de dormir en rond se fichaient bien que d'autres voyageurs tombent de sommeil : eux n'étaient pas dérangés par leurs propres ronflements. Seul remède miracle pour ne plus entendre ces bruits intempestifs : voyager avec des boules Quiès ou un baladeur. Ferris les regardait avec tristesse, se disant en lui-même : *« Pourvu que je meure jeune »*... Sa matinée se déroulait toujours de la même manière : son train le déposerait à quelques pâtés de maisons de la Fac. Il marcherait jusqu'à sa petite chambre universitaire où il déposerait son sac au quatrième étage pour partir en cours sur le coup des huit heures. Ce qui l'ennuyait le plus, c'était de revoir les imbéciles qui étudiaient dans la même section que lui. Parfois, il se demandait quel âge avaient ces énergumènes : 20 ans ? le zéro ne serait-il pas de trop ? Dès son arrivée, il devait se coltiner leurs traditionnels bonjours hypocrites et leurs compliments sibyllins. Ferris se contentait de les ignorer... Bien que longues, les journées lui paraissaient infiniment courtes... Chaque fois qu'il en avait la possibilité, il se mettait à l'écart des autres, dans sa « bulle » comme il s'employait à le dire... Il profitait de ces moments pour étudier son entourage, à la recherche de ce qui ne se voit pas au premier abord, ce qui émerge au fur et à mesure que l'on observe les gens. Il n'avait pas d'amis dans la Fac et n'en voulait pas. Quand on le lui faisait remarquer, il répondait tranquillement qu'il valait mieux être seul que mal accompagné... Il étudiait la psychologie depuis déjà deux ans, et l'on peut dire que cette discipline était toute sa vie. Il avait ce don, en quelques coups d'œil, de percer les mystères de l'Autre, ses moindres secrets, les failles de l'âme et son étrange fragilité. Aucun mot de sa part... Juste écouter, sans jamais juger... Observer pour entrer dans cette étrange intimité... Comprendre qu'il est difficile pour tout un chacun de mettre des mots sur des maux. C'était là son défi, sa seule raison d'être. Aider les gens à dépasser leurs angoisses, leurs hantises, leurs peurs était sans nul doute pour lui une vocation, une évidence...

Lyst était l'une de ces stations modernes en bordure de mer, où les espaces verts n'avaient pas encore été totalement remplacés par le béton. En haut de la butte qui surplombait la ville, on pouvait encore apercevoir au détour d'une rue un parc rempli d'enfants grimpant aux arbres, courant dans les allées fleuries, jouant à cache-cache. Certains même se roulant dans l'herbe... Ce parc n'était pas trop loin de la mer, si bien qu'en tendant bien l'oreille on aurait pu entendre l'écume glisser sur le sable... les cris des oiseaux planant dans le vent, et la brise murmurant dans les feuillages : *« Carpe Diem... »*. Le parc était pour beaucoup une oasis de détente, et il n'était pas rare d'y voir les riverains pique-niquer en famille lorsque le temps le permettait ; des promeneurs venaient s'y reposer après leur travail. Ferris lui, y venait à la recherche de l'absolu, de cette paix intérieure qu'il n'arrivait pas à trouver ailleurs. Ce sentiment de détente, de bien-être... En longeant le parc vers le sud, on pouvait atteindre la mer au prix de quelques efforts. Juste devant le sentier qui serpentait à travers les fourrés se dressait une avancée sur l'eau, une sorte de petit ponton de bois construit de façon très artisanale, évoquant une main tendue vers l'horizon.... Au premier regard, Ferris tomba amoureux de cet endroit et depuis ce jour, c'est là qu'on pouvait le trouver la plupart du temps après les cours. De cet endroit, il lui semblait dominer la mer, braver la nature avec fougue et arrogance... Les vagues venaient se briser contre les rochers sur la grève. Liée à ce morceau de terre, abandonnée, une barque dansait au gré du ressac. Indolente et paisible elle se laissait aller, s'abandonnant à son sort scellé jadis, le jour où son propriétaire décida de l'abandonner ici. Depuis son îlot artificiel, Ferris avait une vue imprenable sur la mer qui s'offrait à lui à perte de vue... Son regard souvent mélancolique se perdait à l'horizon de ses rêves de grandeurs et de réussite. Il ambitionnait tout simplement d'être le nouveau Freud qui marquerait son empreinte au cours du XXIème siècle. Être une référence dans son domaine, passer sa vie à voyager partout dans le monde, de conférence en conférences... Être ce brillant professeur dont on s'arrache le point de vue ou l'opinion.

Quelles que puissent être son humeur du jour ou l'ambiance de ce lieu, peu importaient la pluie, le vent ou le soleil : il ne pouvait contenir les larmes qui coulaient sur son visage, l'émotion que lui causait la simplicité de ce lieu calme et reposant... Souvent j'ai été témoin de cette scène que j'observais, sans comprendre et sans poser la moindre question. Aujourd'hui en écrivant ces lignes, je me demande encore pourquoi il laissait ainsi libre cours à son émotivité... J'entends tout simplement Ferris me dire *« On plane et on s'écrase, et puis viennent les mots, la musique... On se résigne et finalement on cède. On se laisse envahir, on renonce. En fait, on se laisse aller... J'aimerais tant pouvoir comme ces oiseaux m'élancer de la falaise et me laisser bercer par la brise, au gré des courants aériens, indolent... Vivre éternellement cet état de grâce, cette beauté absurde, ne plus jamais atteindre le rivage... »*. Il restait là des heures durant à contempler le ballet des mouettes, entre ciel et mer qui s'épousaient à l'infini, ces deux étendues immenses et merveilleuses dont il n'arrivait plus à discerner les limites. Chaque heure renouvelait la féerie du paysage. Chaque fois, ses habitudes, ses mots, ses gestes étaient les mêmes, comme un rituel sacré et précieux qu'il se devait de suivre, édicté par des règles invisibles... Puis, comme s'il défiait la Lady Bleue, il fixait longuement l'horizon ou suivait du regard, jusqu'à l'obsession, les vagues qui s'offraient à lui avant de s'échouer sur le rivage. Leur douceur lui rappelait ces danseuses étoiles dont la grâce, quoiqu'inégalable, ne rivaliserait jamais avec celle de la mer à cet instant précis... Un peu plus tard enfin, avant de s'arracher à sa béatitude, il observait le soleil glisser lentement dans l'eau, l'irisant tour à tour de mille teintes ambrées comme ces fruits qui poussent dans de lointaines contrées. La beauté de cet instant éphémère était alors à son apogée : ainsi rassasié, il pouvait quitter son coin de paradis...

Plusieurs semaines passèrent sans qu'il s'en rende compte. Elles lui permirent d'explorer Lyst qu'il ne connaissait pas, et d'y apprendre vraiment son histoire et ses coutumes. De découvrir quelques-uns de ses mystères... Il voyait de temps à autre l'un ou l'autre de ses amis qui étudiaient dans une Fac voisine de la sienne. Certains étaient des « avertis » tandis que les autres se disaient « normaux ». Ce terme faisait sourire Ferris, car lorsque quelqu'un disait « Je suis normal, moi ! » ou « Ça, ce n'est pas normal ! », il répondait d'un ton morne : « Mais où est la norme ? Penses-tu que la tienne soit synonyme de vertu ou de régularité ? »...

Un matin, alors qu'il partait à la Fac, il rencontra dans la cage d'escalier Louis, qui était dans un état déplorable. Ses habits étaient en haillons, et il sentait l'alcool à plein nez. Il avait sans doute bu quelques mélanges exotiques dont il avait la spécialité. Ferris lui ouvrit la porte sans s'apercevoir des nombreuses marques sur son visage. Surpris, Louis lui dit d'une petite voix :

- Tu as l'air en forme, Ferris.

- Oh ! Comme d'hab., et toi qu'est-ce que tu fais à cette heure-ci ? Tu rentres ou tu sors ?

- Je viens de finir de bosser et je rentre me coucher. Je crois bien que j'ai cours à 15h...

Ferris éprouvait une sorte d'admiration pour son ami : il appréciait son courage, mais détestait ce qu'il était obligé de faire pour s'en sortir financièrement. Louis était un peu comme le grand frère qu'il aurait tant aimé avoir. Ils se connaissaient depuis leur plus jeune âge, et c'est lui qui l'avait aidé à surmonter la mort de ses parents — *les parents de Louis et ceux de Ferris étant voisins, ils le recueillirent tout naturellement quand survint le drame —*. Le reste de la journée se déroula, semblable aux autres jours. Ferris et Louis ne se croisèrent plus.

Un après-midi à la sortie des cours, alors que Ferris et moi-même partions à notre habitude en direction du parc, nous nous fîmes interpeller par un ami de la même promo que nous qui courut à notre rencontre.

- Hé ! Ferris, ça te dirait de venir avec nous, on va se rouler quelques clopes et boire des bières dans un pub à deux minutes d'ici.

- Non, sans façon, je préfère aller faire un tour avec mon ami.

- T'es vraiment « zarb » comme type, les autres vont encore...

- Heu ! T'es bien gentil, mais les autres, je n'en ai rien à foutre.

Ferris et moi avions nos habitudes. On assistait chacun séparément aux cours, et on se retrouvait chaque jour à 15h pour le cérémonial du ponton, avant de rentrer chacun chez soi. Pour pouvoir l'accompagner, je devais accepter de n'être que le témoin silencieux de sa solitude. Il fallait simplement observer, muets. Une fois la ballade terminée ou lorsque j'étais las on se quittait, libres l'un et l'autre de vaquer à nos occupations respectives. Ce jour-là, en plus de passer la journée ensemble, nous avions décidé de prolonger la soirée en mangeant des pizzas sur la plage... Ce n'est que lorsque la nouvelle journée s'éveilla doucement que nous nous décidâmes à rentrer chez nous. Lentement, la ville commençait à sortir de la profonde léthargie dans laquelle elle était encore plongée une heure auparavant. Les fêtards et les couche-tard rentraient chez eux, tandis que de partout commençait à monter la rumeur du jour naissant. Les petits vieux sortaient leurs animaux de compagnie, les oiseaux perchés sur les fils électriques chantaient leur nouvel hymne à la vie. En apparence, rien ne différenciait ce jour des autres et pourtant, au coin de la rue qui longeait le square municipal, un cri déchira le silence, faisant basculer cette heure banale en un jour d'horreur qui marquerait les esprits... Très vite, des dizaines de badauds s'agglutinèrent autour d'une petite vieille tenant dans les bras un vieux chien sale : à quelques pas d'elle gisait le corps inanimé d'un jeune homme, la face tournée vers le sol où se répandait déjà une imposante mare de sang visqueux. Quelqu'un interrogea : *« Il est mort ??? »*, mais aucune réponse ne parvint. La vieille gémissait maintenant, terrorisée à la vue du cadavre... Des sirènes hurlèrent à leur tour, et les questions restèrent en suspens quand la place fut investie par la police et les pompiers... *« Allez dégagez, n'y'a rien à voir ici ! »*.

La nouvelle se répandit rapidement dans la petite ville qui n'avait pas connu pareil évènement depuis de nombreuses décennies. Les gens mouraient à Lyst, oui ! Mais c'était de vieillesse, de maladies ou de mort naturelle. En tout cas, ils ne mouraient pas assassinés et le visage lacéré ! La rumeur laissa place à toutes sortes de supputations dont la plupart étaient fortement exagérées... Impossible d'identifier le corps en raison des profondes entailles faites au visage, ce qui n'arrangeait pas les investigations de la police. La presse publiait toutes sortes de spéculations et de commentaires souvent venimeux sur la violence ou l'évènement en lui-même. Mais tous s'étaient accordés, aussi bien dans la presse qu'en politique, à faire de cette affaire un cheval de bataille pour mettre en question la politique trop laxiste des élus. Le corps retrouvé sans vie dans le caniveau était devenu le symbole moral et social de la déchéance dans laquelle Lyst s'enfonçait, contre laquelle il fallait lutter à tout prix ! C'est ainsi que lors des offices, l'Église y était allée de prêches sur cette sordide affaire pour réveiller la conscience des braves gens...

Deux jours passèrent avant que Ferris, attablé dans une petite boulangerie, à deux pas du square où il avait l'habitude de prendre son petit déjeuner avant d'aller à la Fac chaque matin, eut enfin connaissance du fait divers qui s'était pourtant déjà répandu dans toute la ville. En feuilletant les pages du journal, son baladeur sur les oreilles, il tomba sur l'un des articles qui relataient le fait, et à en croire l'expression de son visage et la grimace qu'il fit en renversant son café, on peut dire sans se tromper que ce qu'il lut lui déplut fortement :

« LYST : le cadavre qui ne parle pas.
Cela fait déjà deux jours que les habitants de notre paisible petite ville ont appris, horrifiés, le meurtre d'un inconnu près du parc municipal. D'après les

renseignements que nous avons pu recueillir, il s'agirait d'un homosexuel d'une vingtaine d'années ayant très probablement fait l'objet un règlement de comptes... Comme quoi le mode de vie marginal et incompréhensible de ces individus, que nous réprouvons avec force, est source de troubles à l'ordre public. Il s'avère important que les politiques légifèrent sur ce qui n'est que perversion et maladie mentale, quoique l'OMS se soit prononcée d'une façon différente sur ce sujet il y a quelques mois [...] »

« Quel crétin ! » cria-t-il en déchirant le journal, qu'il jeta en même temps que son plateau dans la poubelle. Il tourna les talons et prit le chemin de la Fac, sans prêter attention au portrait-robot de la victime... Plus tard dans la journée, en rentrant chez lui, il fut surpris de voir que Louis n'était pas rentré depuis deux jours. Son courrier débordait largement de la petite boîte aux lettres. *« Tiens ! Il a sûrement rencontré l'âme sœur. »* Pensa-t-il en regardant la boîte. *« Quel veinard celui-là ! »*

Le lendemain, en partant comme à son habitude à la Fac, il décida de s'assurer que son ami allait bien. Il toqua à la porte, mais aucune réponse ne lui parvenant il tourna les talons en direction de la boulangerie ; après tout, que pouvait bien risquer Louis ?!

Le journal du matin l'attendait... En première page toujours, le fait divers sordides, mais cette fois-ci, une reconstitution du visage de l'inconnu emplissait la moitié de la une, au-dessus d'un appel à témoins. Le portrait montrait un visage fin, dont les contours appartenaient probablement à un garçon. Le lecteur ne pouvait rester insensible au regard perçant et envoûtant qui émanait de la feuille de journal. L'artiste qui avait réalisé l'esquisse avait pris soin de dessiner de belles lèvres laissant entr'apercevoir une ligne de dents blanches et régulières. Seule ombre : les cicatrices qui avaient été marquées de façon atténuée sur le visage... Sur son front dansait une mèche étrange dont la pointe descendait sur l'œil droit, ajoutant une certaine sensualité au visage. Juste en dessous de la photo, un encadré en lettres capitales indiquait : *« Appel à témoins ! Vous connaissez cet homme ? La police à besoin de votre aide. Il s'agit du Cad... ».*

Il ne termina pas la fin de la phrase... Submergé par l'émotion, les mains tremblantes, Ferris ne pouvait détacher les yeux du portrait de son ami ; il n'osait croire, et ne pouvait admettre ce qu'il lisait... Le visage égaré, il fit tomber la tasse de café à ses pieds. *« Non ! Pas lui, c'est impossible... pas Louis... ».* C'est ainsi qu'il apprit la mort de son « Frère spirituel » presque quatre jours après le crime... Le temps s'était arrêté... De nombreuses minutes lui furent nécessaires pour comprendre ce qui était arrivé. Alors, calmement, il se leva et se dirigea vers le commissariat. À peine arrivé, son cœur se serra encore plus fort : comment devait-il s'y prendre, qui devait-il voir ? Que devait-il dire ? Tant de questions qui, en temps normal, étaient tellement évidentes. Il ne pouvait pas craquer, pas lui, pas le « spécialiste des méandres de l'esprit » ! Il fallait qu'il se ressaisisse, mais pouvait-il encore le faire, alors que cette disparition le touchait en plein cœur ? Peut-on rester de marbre, froid et détaché, quand le sol se dérobe sous les pieds, quand l'esprit sombre aussi brutalement dans une chute que rien ne laissait prévoir un instant auparavant ?

On le fit attendre dans un bureau glacial, puis on lui posa des tas de questions plus embarrassantes les unes que les autres. Et quand les policiers eurent décidé que sa déposition était cohérente, ils demandèrent à Ferris de les accompagner pour l'identification de son ami. Lentement, le légiste fit glisser le tiroir contenant le corps... Insoutenable pour tous ceux qui ont eu à le vivre,

Ferris allait à son tour devoir affronter le moment fatidique. Le drap à peine levé, il sentit brutalement un dégoût incoercible le submerger, une forte envie de vomir le plia en deux. Puis, sans forces, il s'obligea à regarder la dépouille étendue là, recouverte d'un simple linge. À son poignet, une étiquette portant la mention *« Individu non identifié »*. Rien que cette phrase l'horrifia et le déstabilisa... Puis résigné, le regard embué de larmes posé sur le visage lacéré de Louis, incapable de le quitter du regard, il laissa dans un souffle s'échapper un murmure qui allait classer définitivement cette affaire : *« Oui, c'est bien lui... »*.

Une semaine après, d'épais nuages voilaient le soleil, ajoutant une touche tragique au sinistre de cette journée. Le corbillard en tête du cortège, les proches de Louis marchaient d'un même pas lourd et traînant devant ses amis. On allait l'enterrer. Ses parents détournaient un regard honteux du cercueil de leur fils unique, à l'arrière de la voiture. Aucun d'eux ne pleurait. Ils savaient à quelles sinistres passions se livrait le jeune homme. Celles-là mêmes que leur religion ne pouvait concevoir : passions démoniaques et furtives, péchés impardonnables passibles des flammes de l'enfer et de la damnation. Les yeux rouges, Ferris se rapprocha d'eux. Il tenta de prendre la main de la mère de Louis qui l'écarta d'un air méprisant... Ensuite, il resta à écouter sans les entendre les paroles de l'homme en noir penché sur la tombe. Les mots qui résonnaient dans sa tête n'avaient aucune signification. Il se répétait quelques bribes de phrases qu'il eût perçues, un peu comme un mantra : *« Ce corps pur rejoint à présent Notre Père à tous qui est au ciel, Notre Père qui nous aime et qui veille sur nous... À présent il a rappelé à lui son fils qui s'était égaré... ".* Ferris n'arrivait pas à détacher les yeux du sol ; une force mystérieuse l'en empêchait. Le discours d'éloge ne dura pas plus de quinze minutes, après quoi deux hommes descendirent le cercueil dans la fosse et, tout comme le corps de son ami, le destin de Ferris, rongé par le remords d'un terrible secret jamais avoué, allait être enterré sous une dalle. Ses parents échangèrent un dernier regard en murmurant *« Nous sommes à présent débarrassés de la honte, elle est enterrée avec lui... Avançons ».* Tristement, en regardant descendre la caisse, Ferris serra les poings et murmura dans ses larmes : *« Don't Forget. . . ».*

Des albums photos, je peux vous affirmer que Ferris en regarda de nombreux pour maintenir le lien avec son ami disparu et se remémorer leur amitié. Mais le manque était trop grand. Il se souvenait du dernier jour où il avait vu Louis, sans vraiment y prêter attention. Il s'en voulait de ne pas arriver à croire qu'il ne puisse jamais y avoir une fin aux choses. On croit d'habitude, je pense, que les gens sont éternels, et qu'il ne peut rien leur arriver de grave. Mais Ferris, au fil des jours, avait réalisé que le risque était énorme de croire la vie moins fragile qu'elle ne l'est réellement. Que pouvait-il faire à présent à part regretter d'avoir été aussi négligent... Comme dix ans auparavant, il venait à nouveau de rencontrer la mort et le déchirement de l'absence... C'était trop pour lui, qui ne savait qu'aider les autres. L'adage ne dit-il pas que c'est le cordonnier qui est toujours le plus mal chaussé ? Il lut et relut les lettres qu'ils s'étaient échangées dans leur jeunesse. Il se rappela leurs moments de complicité, et tout ça lui paraissait si loin à présent... Comme s'il s'était trompé durant toutes ces années. Trompé ou menti au fond, qu'importait ! Seul le résultat comptait à présent.

Je ne revis plus Ferris en cours. Je passai lui apporter mes notes pour qu'il puisse travailler, mais il n'était plus que l'ombre de lui-même. Ses volets étaient toujours à peine ouverts, et il me confia que la lumière le dérangeait. Il attendait la douceur de la nuit pour ouvrir ses stores vénitiens et regarder la ville... Depuis l'enterrement, il n'était plus allé au ponton...

En sortant de chez lui quelques jours plus tard, les rues avaient changé de visage : elles s'étaient à présent parées de mille lumières étincelantes pour fêter Noël et la nouvelle année qui approchait à grands pas. Le froid de l'hiver vif et pénétrant s'en prit à ses joues qui devinrent vite écarlates, tant bien que mal emmitouflées dans une écharpe noire qui cachait un col roulé. Il se mit à arpenter lentement les rues. Ses yeux verts de jade ne fixaient pas de point précis, et dans sa tête, des pensées confuses le poussaient à errer au gré des rues qu'il empruntait, sans destination précise. De chaque côté des avenues, les vitrines illuminées qu'il longeait tentaient d'accrocher par leurs mises en scène les chalands pressés. Carillons, cantiques et chants de Noël l'assourdissaient. Mais il n'avait pas le cœur à ces choses-là... Les promeneurs, comme possédés, couraient de manière effrénée de vitrine en vitrine, de magasin en magasin, leurs visages affichant une sorte de fascination pathétique sur la prétendue magie de Noël.

Les assassins de Louis n'avaient toujours pas été retrouvés, et le fait divers qui avait secoué quelques jours auparavant la petite ville était bien loin de leurs préoccupations. L'affaire avait été classée sans suite faute d'indices. Dans les esprits, cette sordide histoire avait très vite été remplacée par l'agitation de Noël. Ferris se demandait ce que l'on pouvait bien aimer à cette période de fêtes, qu'il s'apprêtait d'ailleurs pour la première fois de sa vie à passer seul... À présent, son pas se fit plus rapide pour se dégager de cette marée humaine qui l'oppressait de plus en plus. Brutalement, il s'engouffra dans une petite rue, à peine éclairée. Il se retourna comme pour vérifier qu'il n'était pas suivi. Restant sur place quelques instants, il reprit sa course vers le haut de la rue exiguë, qui mène au cimetière principal. Machinalement, il se dirigea vers la tombe de son ami, encore toute fleurie, et les messages de sympathie qu'il découvrit par-ci par-là lui firent comprendre qu'il s'était tenu ici une autre cérémonie plus émouvante que celle à laquelle il avait participé quelques jours auparavant. Il lut les billets laissés par les amis de Louis ; sur le marbre, quelques photos illustrent sa vie passée : il découvre ainsi des visages qu'il ne connaissait pas, des noms, des mots... Il reste là, imperturbable, ressassant sans fin leurs souvenirs, comme on tourne les pages d'un livre que l'on se surprend à relire parce que l'histoire, même si on sait qu'elle finit mal, nous entraîne et nous émeut... Le soleil décline à l'horizon, et dans sa chute Ferris ne voit que ces instants gâchés à ne pas avoir suffisamment profité de Louis. Il se sent responsable de ce gâchis, et ce sentiment devient rapidement de la culpabilité qui se transforme en une intense souffrance. Il se dit que s'il avait était moins lâche, il aurait sans doute avoué à Louis qu'il le considérait bien plus que comme un frère... Et sans doute serait-il encore en vie à présent... Tant de si... Mais comment revenir en arrière ? On ne change pas le passé, on ne modèle que le présent, encore faut-il en prendre conscience... Perdu dans ses pensées, il regarde l'horizon, la mer est calme. C'est une belle journée pour faire de la voile, pense-t-il. Doucement, il prononce sa phrase fétiche : *« Qu'adviendra-t-il avec le temps, des amis les plus sincères... I Don't Forget... »*. Le canon d'un revolver miroite à la lueur d'une lune pâle, tandis que le brouillard qui se lève l'enveloppe lentement, comme pour le rendre invisible aux regards indiscrets. À croire que la nature a décidé d'offrir un dernier instant d'intimité et de mystère à ce qui va se jouer là. Déterminé, le geste précis, le regard posé sur les souvenirs rangés sur le marbre, il lit une dernière fois le prénom de son ami avant d'embrasser le ciel d'un regard. Il plaque l'arme contre sa tempe. Quelques larmes mouillent son regard, tandis que la brume, insensiblement, efface toute trace du drame...

Des arbres voisins s'envolent une nuée d'oiseaux, redonnant un semblant de vie à ce lieu... Un léger filet rouge teinte le marbre blanc, glissant délicatement avant de rejoindre la terre. Il repose là, dans les fleurs, couché sur la plaque froide. Les yeux tournés vers le ciel, deux larmes translucides sèchent sur son visage aux traits enfantins... Les larmes d'un amour incompris, interdit, impossible à assumer dans cette petite société, dans cette famille où l'étiquette et le qu'en-dira-t-on sont trop lourds à porter. Je crois que pour Ferris, le pire fut de se l'avouer à lui-même, de ne pouvoir surmonter la peur d'être jugé ou rejeté, comme l'avait été Louis... Combien sont morts, de n'avoir pas été capables d'assumer le regard des autres ? Combien sont égarés ou repliés sur leur souffrance, que nous côtoyons-nous sans le savoir ? Combien se cachent encore dans la honte de vivre au grand jour leur propre vie ? Impossible à dire, mais ce qui est sûr c'est qu'aujourd'hui vous en connaissez deux... Et l'un des deux était mon meilleur ami...

Achevé d'imprimer en Mars 2010

Imprimé en France par :
SARL Evidence
26 Rue Clément Ader
94 420 Le plessis Trevisse

Numéro Imprimeur : 3321

Editions Rhéartis

http://www.editions-rheartis.fr